Illustration 宵マチ

Safia
Dianthus

Lucianna Dianthus

悪役令嬢は、
溺愛ルートに入りました!?
7
Presented by Touya 十夜
Illust. 宵マチ

サフィア・ダイアンサス
一見、軽薄で享楽的なルチアーナの兄。妹に極甘♥

ルチアーナ・ダイアンサス
このゲーム世界の悪役令嬢。恋愛攻略対象者を全員回避するはずが…!?

エルネスト・リリウム・ハイランダー
ハイランダー魔術王国の王太子。記憶を取り戻す前のルチアーナが熱を上げていた相手。

ラカーシュ・フリティラリア
筆頭公爵家の嫡子。その美貌から「歩く彫像」と呼ばれている。はじめはルチアーナを蔑視していたが、今では夢中♡

ジョシュア・ウィステリア
ウィステリア公爵家の嫡子にして、王国陸上魔術師団長。サフィアとは旧知の仲。

セリア・フリティラリア
ラカーシュの妹。命を救われて以来ルチアーナが大好きに。兄とルチアーナの仲を取り持つため頑張る一面も。

STORY&CHARACTERS

セリアの『先見』の力で聖獣の危機を察知したルチアーナ達。

しかし聖獣は傷つきひん死の状態に。燃え盛る炎の中、自身の危険も顧みず聖獣とエルネストの契約の仲立ちを試みるルチアーナに、エルネストの想いはさらに強くなっていく。

命の危機が迫る中、兄・サフィアのおかげで一命をとりとめたルチアーナは、聖獣に炎を消すよう強く命じる。すると、サフィアと聖獣がキラキラとした輝きに包まれ、サフィアの腕が元に戻ったのだった。

そして高位貴族の令嬢として大切な髪が燃えて短くなってしまったルチアーナは、そのマイナスを覆すため、ある頼みごとをしに海上魔術師団長のアレクシスに接近するのだが……。

海上魔術師団の船上パーティーの最中、船ごと『魔の★地帯《バルシュミースター》』へ飛ばされてしまい――

アレクシス・カイ・カンナ
海上魔術師団長。カンナ侯爵家の一人息子。
女遊びが派手だが、それにはわけが…？

カドレア
至高の存在にして四星の一人である東星。ルチアーナを世界樹《ユグドラシル》の魔法使いとして守るように。

ハイランダー魔術王国
周辺地図

HIGHLANDER

［王都拡大地図］

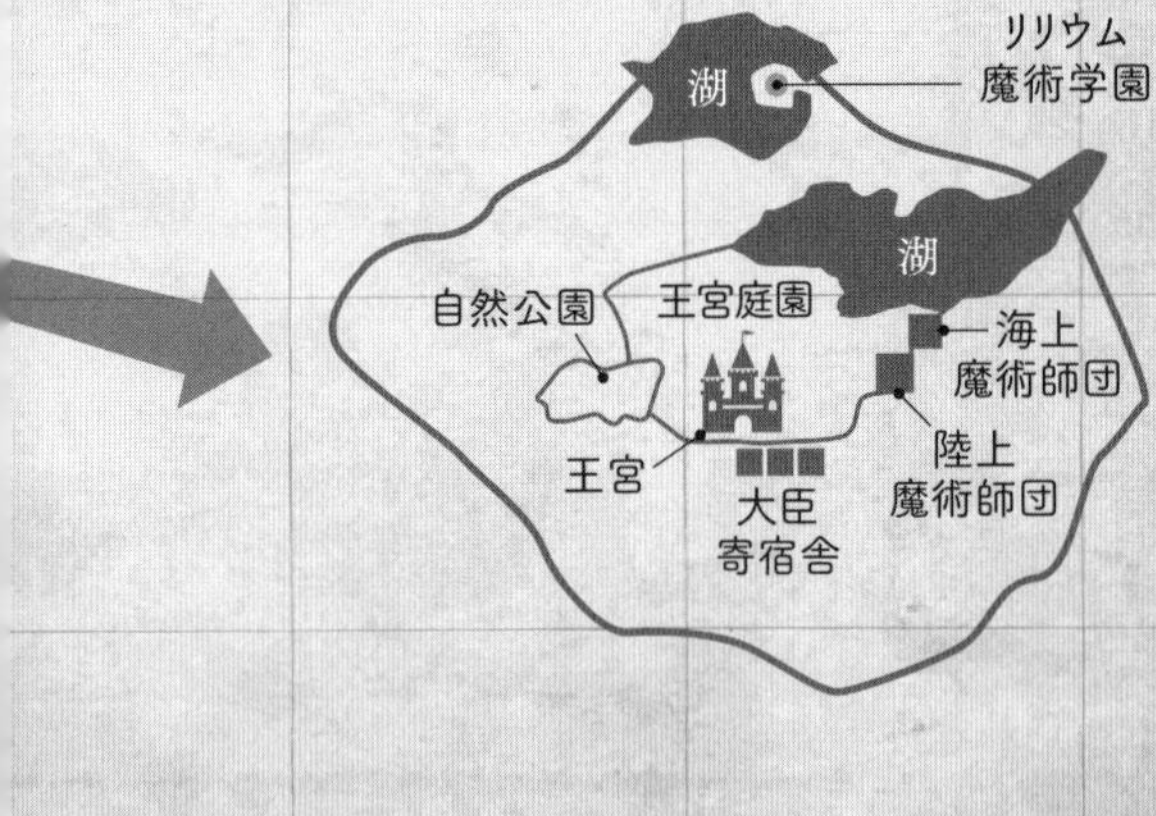

ハルディ王国
最果ての森
ビオラ辺境伯領
ドガの町
金月湖
金月森
フリティラリア公爵領
ハイランダー魔術王国
魔の★地《パルシュミースター》
王都
聖山
ウィステリア公爵領
カンナ侯爵領
バレ子爵領
ヒビスクス島
リリウム侯爵領
ルナル村

CONTENTS

45 暗転。ここはどこ？ ……えっ、未知の島!?

気が付いた時、私はさらさらとした真っ白い砂の上に横たわっていた。

あれ、私はどうしてこんなところにいるのかしら、と思いながら顔を上げる。

すると、五段ケーキのように段を作って重なり合った砂の上に、大きな半月が突き刺さっているのが見えた。

半月からはたくさんの小さな星が零《こぼ》れ落ちていて、真っ青な空をバックにキラキラと輝いている。

「まあ、何て幻想的な光景なのかしら！　まるでおとぎの国に迷い込んでしまったみたいだわ。

……ええと、これは夢？　それとも、も、もも、もしかして三途の川の先の国に来てしまったのかしら!?」

ドキドキしながら、頬をつねってみようかしらと考えていると、誰かに肩を摑《つか》まれる。

「ひゃあっ！」

「ルチアーナ、無事か？」

麗《うるわ》しい声に振り向くと、滅多にいないようなイケメンが立っていた。

びっくりしている間に、青紫色の髪に白銀の瞳を持つ完璧な造作の若者は、私の両肩を摑むと心配そうに覗《のぞ》き込んでくる。

いやいや、ないわ！　この距離の近さはないわ！　いくら夢にしても、サービス過多だろう。

私は優秀なる喪女だから、こんなイケメンに近付かれたら倒れてしまうんじゃないかしら。

そんな心の叫びも空しく、青紫髪のイケメンは両手で私の頬を挟み込んできた。

「声も出さずに私を見つめるなど、どうかしたのか？　頭でも打ったか？」

「ひあっ！」

信じられないことに、至近距離で見たイケメンのまつ毛は青紫色をしていた。

えっ、こんなに綺麗な色のまつ毛を持つ人が世の中にはいるのかしら。人だと思ったイケメンの正体は妖精なのかもしれない。

そんな風に目の前のキラキラとした麗しい存在が何なのかを考えていると、後方で別の麗しい声が響いた。

「サフィア、ルチアーナ嬢が見つかったのか!?　……これはご令嬢、失礼した。サフィア、そちらの方は？」

えっ、2人目の妖精が現れたわよ。

こちらも滅多にお目にかかれないような美形なうえ、藤色の髪を腰まで伸ばしている。

うわぁ、こんなに美しくて豊かな長い髪を持った男性を初めて見たわ！

見上げるだけで首が痛くなるほど背が高いし、滅茶苦茶足が長いなんて、最近の妖精はスタイルまでいいのね。

驚きでぽかんと口を開けていると、今度は背後から少年の声が響く。

「2人とも私を置いていくのは止めろ！　……と、誰だ？　船上パーティーでは見なかった顔だから、この島の住人か？」

振り返ると、10歳くらいの美少年が立っていた。

白い軍服を着て黄色とオレンジ色が交じった髪をもつ、整った顔立ちの少年だ。

ああー、いくら夢でも願望が過ぎるわよ。２人の美青年と1人の美少年を登場させるなんて、どれだけ私は美形好きなのかしら。

自分の煩悩の深さに呆れていると、最初に声を掛けてきた青紫髪の美青年が再び顔を覗き込んでくる。

「ルチアーナ、先ほどからぼんやりして、一体どうしたのだ？」

「ルチアーナ？」

先ほどは気にならなかった名前が、なぜか気に掛かる。

あれ、私はそんな名前じゃないはずよね。私の名前は……。

ふと意識を飛ばしかけたところで、青紫髪の青年が私の両肩を掴んでいる手に力を込めた。

それから、しっかりと目を合わせてくると、はっきりと一音一音を声に出す。

「ルチアーナ、私だ。お前の兄のサフィア・ダイアンサスだ」

その言葉を聞いた瞬間、私はふっと夢から覚めたような気持ちになって――――ぱちぱちと瞬《まばた》きを繰り返すと、目の前の整った顔を見つめた。

それから、至近距離で私を覗き込んでいるイケメンに向かって手を伸ばし、えいっと後ろに押しやる。

「ち、近いですよ、お兄様！　何事ですか!?」

いや、何事がなくても距離を詰めてくるのがお兄様だったわね、と考えていると、兄は眉根を寄せて私を見てきた。

「ルチアーナ、私が分かるのか？」

「え？　え、ええ、お兄様ですよね。あっ、違うのかしら！　ええと、全身に水を被っているから、『水も滴《したた》るいい男』と答えるべきですかね？」

わざわざ尋ねてきたということは、言ってほしい言葉があるに違いないと思いながら返事をすると、どうやら正解だったようで、兄は強張《こわば》っていた顔を緩めて小さく吹き出した。

「ははっ、いつも通りのルチアーナだな！」

兄の後ろでは、ジョシュア師団長と美少年が狐につままれたような顔をしている。

うん、どういうことかしら、と首を傾《かし》げていると、兄はせっかく遠ざけた距離を一瞬で詰めてきた。

それから、手を伸ばすとぎゅううっと抱きしめてきて、私の肩に自分の頭を乗せる。

「な、な、な、何……」

「ルチアーナ、あまり遠くへ行くものじゃない。私を心配させるな」

「えっ、あっ、すみません」

ぼんやりとした記憶の中、そういえば私が一人でいたところを兄が捜しに来てくれたのだった、と今しがたのことを思い出す。

少し遅れて、ジョシュア師団長と美少年がやってきたことも。

よく覚えていないけれど、私は皆から離れた場所に一人でいたのだろうか。

そうだとしたら、心配をかけたのかもしれないと申し訳ない気持ちになっていると、兄は抱擁を解き、私の髪をくしゃりとかき回した。

それから、普段通りの表情でにこりと微笑《ほほえ》む。

「ルチアーナ、今の状況が分かっているか?」

えっ、ええと……。

「海上魔術師団の帆船に乗っていたら、激しい雷雨に襲われました。そのせいで船がコントロールを失い、進入禁止となっている『魔の★地帯《バルシュミースター》』に入ってしまいました」

記憶を辿《たど》りながらぽつりぽつりと答えると、兄は正解だとばかりに頷いた。

「そうだ。そして、事前情報通り、『魔の★地帯《バルシュミースター》』では魔術を発動させることができなかった。しばらくの間、何とかならないものかと悪戦苦闘していたが、船が吹き飛ばされ、気が付いたらこの見知らぬ島にいたというわけだ」

「えっ、ということは、私たちはごく稀《まれ》に存在すると言う『魔の★地帯《バルシュミースター》』に呼ばれた者』ということですか？」

思い当たることがあったので質問すると兄が頷《うなず》く。

「どうやらそのようだな」

「まあ」

一番聞きたくない答えを返され、私は顔をしかめた。

なぜなら先ほど船の上で、ジョシュア師団長から『魔の★地帯《バルシュミースター》』について教えてもらったのだけれど、その際に『この状況にだけは陥りたくないわ』と考えた、正にその状況にいることが分かったからだ。

師団長の説明によると、『魔の★地帯《バルシュミースター》』の中に入った船は忽然《こつぜん》と姿を消して行方不明になるけれど、基本的に乗船者は全員、この海域を取り囲むように存在する6つの島のいずれかに弾き飛ばされるとのことだった。

しかしながら、何事にも例外があって、稀に人も行方不明になり、それらの『魔の★地帯《バルシュミースター》』に呼ばれた者』は誰一人として戻ってこないらしいのだ。

教えられた説明を思い出してぶるりと震えていると、兄が確認するかのようにジョシュア師団長に向かって首を傾げた。

そんな兄に対し、師団長は難しい表情を浮かべて首を横に振る。

「ここがどこなのかは私にも不明だ。バルシュミー諸島でないことははっきりしているが、では他の島かと問われても、はっきり答えられない。あの6島の周りに島は存在しないから、『魔の★地帯《バルシュミースター》』の近海ではないはずだが。もっと言うならば、私は職業柄それなりの数の島に上陸しているが、このような島は見たことがない」

そう言いながら師団長が示したのは、五段の砂の上に大きな半月が突き刺さっている景色だった。

先ほども思ったけれど、あの月は何だろう、とじっと見つめながら考え込む。

半月までの距離を考えると、実際の月の大きさは数十メートルほどあるはずだ。

砂に突き刺さっているので惑星ということはありえないし、月に見える大岩なのだろうか。

そうであれば、月から零れている小さな星は、輝いて見える特殊な砂なのかもしれない。

いずれにしても、このような特徴的な地形をしている島であれば、人々の話題に上りそうなものだけれど、この島の話はこれまで聞いたことがなかった。

一体ここはどこなのかしらと考えていると、兄が美少年に話しかける声が聞こえた。

「アレクシス師団長もこの島がどこだか分からないのか？」

「アレクシス師団長？」

兄がなぜ美少年にそう呼びかけたのかが分からず、私は大きく首を傾げる。

この場にいるのはサフィアお兄様、ジョシュア師団長、私に加えて、10歳くらいの美少年の４人だ。恐らく全員が海上魔術師団の帆船から飛ばされたのだろう。

けれど、美少年だけは見た覚えがなかったので、どちらのお子さんかしらと気になっていたところ、兄が美少年を『アレクシス師団長』と呼んだため、頭の中に？マークが浮かぶ。

そう言われてみれば、確かに顔立ちは似ているし、髪色は一緒だけれど、アレクシス海上魔術師団長は成人している大人だから、この子どもと同一人物のはずがない。

もしかしたらアレクシス師団長と似ていることで、師団長の名前がこの子のあだ名になっているのかしらと考えていると、美少年はちらりと私を見た。

「疑わしい話なのは百も承知だが、私は海上魔術師団長のアレクシス・カンナだ。なぜ体が若返ったのかは不明だが、意識と知識は以前のままだし、29年分の記憶もある」

「えっ！」

いやいや、いくら何でもそれはあまりに荒唐《こうとう》無稽《むけい》な話だろう。

29歳の大人が10歳の少年に変わるはずがない。

そう考えながら、私の肩ほどまでの身長のアレクシス美少年を見下ろすと、彼はじっとこちらを見つめてきた。

その眼差しが大人びているように思われたため、あながち嘘だと言えない気がしてくる。

というか、お兄様も「アレクシス師団長」と呼んでいたし、本当に本物なのかしら？

「えっ、本当にアレクシス師団長なの？」

「そう言っている」

まあ、ずいぶんはっきりと返事をするわね。

船の上で見せていた、大人の余裕ぶった態度が消えてなくなったわよ。

目の前の美少年とアレクシス師団長が同一人物だとしても、少なくとも性格は以前と異なっているようだ。

それとも、子どもになったことで体が小さくなったように、感情も幼く未発達なものに戻ってしまって、素の感情を抑えにくくなっているのかしら。

子どもというのはいつだって、思ったことをそのまま口に出すものだからね。

「だったら、私が誰だか分かるかしら？」

半信半疑のまま、じとりとした目で見つめながら尋ねると、アレクシス美少年はこともなげに答えた。

「ダイアンサス侯爵家のルチアーナ嬢だろう？　我が師団のパーティーにジョシュア師団長と出席して、サフィアが『この世で最も親密な間柄だ』と公言した相手だ」

「ほっ、本物!?　確かに最後のセリフは、アレクシス師団長でなければ知らないことだわ！　まあ、ということは、本物のアレクシス師団長なのね!!」

びっくりして目を丸くすると、周りの男性陣も驚いた様子で目を丸くする。

「えっ、ルチアーナ嬢はたったこれだけの応答で信じるのか？　もちろん話した内容に嘘はないが、もう少し疑うべきじゃないのか」

　ジョシュア師団長がそう言うと、アレクシス美少年はにこりと微笑んだ。

「ダイアンサス侯爵令嬢の噂は散々聞いていたが、決して思慮深いタイプとは言えないだろう。それに、素直であることは素晴らしい特質じゃないか」

……先ほど、子どもというのは思ったことをそのまま口に出すものだと考えたけど、ちょっと正直過ぎるのじゃないかしら。

　思慮深くないのは、私ではなくアレクシス美少年よね！

　面と向かって悪口を言われたためむっとしたけれど、子どもの言うことだからと、大らかな私は見逃すことにする。

　けれど、やっぱりちょっとだけ腹立たしかったので、アレクシス美少年がよそ見をした隙に手を伸ばし、彼の髪をぐちゃぐちゃにしてみた。

　アレクシス美少年はもちろん、兄とジョシュア師団長もばっちりその場面を目撃していたけど、誰も何も言わなかったので、許容範囲の悪戯《いたずら》よねと私は自分に言い聞かせたのだった。

◇　◇　◇

その後、私たちは休憩を取りながら現状を整理することにした。

全員で見晴らしのいい、さらさらとした砂の上に腰を下ろす。

年長者であるジョシュア師団長がサフィアお兄様、私、アレクシス美少年を見回しながら口を開いた。

「現時点で分かっていることは、私たちの乗っていた船が『魔の★地帯《バルシュミースター》』に突入し、この4人が見知らぬ島に飛ばされたということだ。もしかしたら他にも飛ばされた者がいるかもしれないが、探索した範囲では見つけることができなかった。念のため、この後も新たな遭難者の可能性を念頭に置いて、島の探索を続けることにしよう」

ジョシュア師団長はそこで言葉を切ると、気遣うように私を見た。

「それから、これまで見たこともないような威容の岩や木々を、この島ではいくつも目にした。立場上、私は国内全地域の情報を管理しているが、この島と一致する地域情報を持ち合わせていない。そのため、ここは人類未踏の新たな島である可能性が高い。……最後に推測だが、この島は人の外見に何らかの影響を及ぼす場合があるようだ」

人の外見に影響を及ぼすというのは、突然10歳くらいの少年の姿になったアレクシス師団長のことを指しているのだろう。

それなのに、どうしてジョシュア師団長は心配そうに私を見つめているのかしら。

「どうかしましたか？」

師団長は何が気になっているのかしらと思いながら尋ねると、彼は慌てたように両手を上げた。

「いや……目の錯覚かもしれないが、先ほど、私の目にはルチアーナ嬢も少し違って見えたのだ」

「えっ！　そ、そうなんですか!?」

びっくりして大きな声を出すと、ジョシュア師団長は自信がない様子で言葉を続ける。

「しかし、すぐに元のルチアーナ嬢の姿に戻ったことだし、慣れない場所に来て五感がおかしくなっていたため、見間違えただけかもしれない」

そんなことがあるものかしらと思っていると、アレクシス美少年が口を開いた。

「私の目にも、先ほどのルチアーナ嬢は別の女性に見えたな。ただ、私の体が子どものものになったことで、視点の高さや瞳の大きさが変わっただろう？　ルチアーナ嬢を見つけた時は、まだ子どもの体に慣れていなかったため、私の目がこれまでとは異なる見え方をしていて誤認しただけかもしれない」

2人ともに自信がなさそうな様子ではあったけれど、観察力がありそうな2人が揃《そろ》って見間違える可能性は少ないように思われる。

そのため、もしかしたら私もアレクシス師団長のように変化しかけていたか、これから変化するところなのかもしれないという気になった。

「ええと、ちなみに私はどんな感じだったんですか？　性別や年齢や見た目について教えてほしいのですが」

別人に見えたというのは恐ろしい話よね、とぶるるっと震えながら、私は両手で自分自身を抱きしめる。

両手にぎゅううっと力を入れたまま答えを待っていると、隣にいた兄が穏やかな表情で微笑んだ。

「ルチアーナ、心配することはない。私には最初からずっと、お前の姿はルチアーナに見えていた」

「そうなんですね」

兄の言葉にほっとしていると、ジョシュア師団長とアレクシス美少年が安心させるかのような言葉を重ねてくる。

「ルチアーナ嬢、私が見間違えた姿はあなたと同じくらいの年齢の美しいご令嬢だった。やはり、思い返してみても私の目の錯覚だと思う」

「ああ、私も同じように年若い佳人の姿が見えた。君といえば、君だったのかもしれないな」

今の私の姿と変わらないものが見えたと言われて胸を撫でおろしていると、兄が私の顔を覗き込んできた。

「ルチアーナ、たとえ姿が変わったとしてもお前は私の妹だ」

その言葉が嬉しくて、思わず笑みを浮かべると、兄は優しく私の腕をぽんぽんと叩《たた》いた後、ジョシュア師団長とアレクシス美少年に視線をやった。

「認識のすり合わせだが、ここにいる全員がこの少年をアレクシス師団長と認識していることで間違いないな？　なぜ成人男性が少年の姿に見えるようになったのか、その原因を推測してみたが、難易度でいくと、私たち全員の視覚や認識能力を操るのが一番簡単だろう。しかし、先ほどから確認している限り、私の五感は正常だ。恐らく、実際にアレクシス師団長の体が若返っているのだろう」

兄の言葉を聞いて、不思議な現象が起こっているのだわ、と改めて考えながらアレクシス美少年を見つめる。

大人だったアレクシス師団長が子どもになるというのは荒唐無稽な話であるものの、大型帆船にいた私たちが船の上から見知らぬ島に飛ばされたというのも十分あり得ない話だ。

そのため、この島では何か不思議なことが起こるのかもしれないと考えながら、兄の言葉にこくりと頷く。

同じように頷くジョシュア師団長を見て、アレクシス美少年は笑みを浮かべた。

「ははは、私が私だと認識されるだけで嬉しいものだな。ところで、サフィアとルチアーナ嬢は私のことをアレクシスと呼んでくれないか。せっかく体が子どもになったのに、堅苦しい職名を付けて呼ばれたりしたら、自由な気持ちが萎《な》えてしまう」

アレクシスは背筋を正すと、きらきらとした目で海を見つめた。

「前人未到の島だなんてわくわくするな！　海上魔術師団長として色々な島に上陸した経験があるが、これほど不思議な島は初めてだ。思い出したが、私は誰も見たことがない植物や昆虫、動物を一番に見てみたいと思って海上魔術師団に入団したのだ」

アレクシスの表情は、まるっきり遠足に出かける前の少年のものだった。

うーん、間違いなく彼の心は少年に戻っているわね。

そして、冒険心はうつるものらしく、私までもがわくわくした気持ちになる。

そのため、勇ましい気持ちでアレクシスとともに立ち上がると、ジョシュア師団長と兄も苦笑しながら立ち上がった。

「それでは、これから島を探索することにしよう。私たち4人がこの島に呼ばれたことに、何らかの力が働いたことは間違いない。そして、そのヒントになるものが、この島のどこかにあるはずだ。それを探すことが、この島から脱出する糸口になるだろう」

ジョシュア師団長の言葉に頷くと、私たちは島を探索することにしたのだった。

46 未知の島探索

「ふうん、この島の砂はよく見ると、2つの三角形を逆向きに重ねた形をしているんだな。星形だ」

手を目の高さにまで上げ、握った砂をさらさらと零しながら、アレクシスが不思議そうにつぶやいた。

あの後、私たちは数度の小休憩を取りながら島の中を探索しているのだけれど、見つかるのは珍しい鳥や動物ばかりで、この島に飛ばされた原因は不明のままだった。

そう簡単にはいかないわよねとため息をついていると、アレクシスは身を屈《かが》めて足許《あしもと》の砂を掴み、再び目の高さの位置からさらさらと零し始める。

「『魔の★地帯《バルシュミースター》』はバルシュミー6島を一つおきに線引きした三角形2つの重なる海域で、星形をしている。星形をした『魔の★地帯《バルシュミースター》』から飛ばされた先に、星形の砂があるなんて、奇妙な偶然だと思わないか？」

熱中した様子で砂の形を思考するアレクシスにつられ、私は弾んだ声を上げた。

「偶然かどうかは分からないけど、関連があるって考えた方がわくわくするわよね！　ヨーホー！」

「さっすがルチアーナ、分かっているね！　そして、いい掛け声だ！」

顔を上げてにこりと笑ったアレクシスは、見た目通りの幼い少年に見えた。

私が彼をアレクシスと呼び出したのと同じタイミングで、彼も私をルチアーナと呼び捨てるようになったのだけれど、彼が私に気を許している証のようで嬉しくなる。

この世界の基になった乙女ゲーム『魔術王国のシンデレラ』の中のアレクシスは、両親に愛されなかった影響で、主人公《ヒロイン》に会うまで誰も信じなかったけれど、そんな人生はあまりにも寂しい。

一時的なことにせよ、せめて子どもに戻った今くらいは、子どもらしい無邪気さでもって周りの者たちを頼ってほしい。

そう考えながら、私に笑いかけてくれるアレクシスの頭をよしよしと撫でる。

幼い頃、私には4歳年下のコンラートという弟がいた。

弟は私が7歳の時に亡くなり、代わりにダリルという弟のような存在ができたけれど、――それでもコンラートのことを忘れる日は絶対に来ない。

きっと、私は死ぬまで小さな男の子に弱いのだろうなと考えながら、アレクシスの頭をもう一度よしよしと撫でる。

29歳のアレクシス師団長は女性に手慣れていて、そのことを前面に押し出してくるタイプだったため、私は苦手に感じていた。

けれど、アレクシス少年は年齢相応の冒険心とあどけなさを持った男の子で、弟を可愛がりたい私の気持ちにどんぴしゃりとはまったのだ。

そのため、ついつい構い過ぎてしまうのだけれど、アレクシスはそのことに対して不満気な様子を見せなかった。

代わりに、不思議そうに小首を傾げてきたので、どうしたのかしらと質問する。

「子どもというのは騒がしいし、要求が多いし、役に立たない存在だから、両親からも、皆からも邪険にされるし、ちやほやされるのは大人になってからだ。それなのに、君だけは逆に扱うんだな」

「どういうことかしら？」

アレクシスの言葉を理解できずに戸惑った声を上げると、彼は面白くもなさそうに答えた。

「恐らく、私は女性にとって分かりやすいトロフィーのようなものなのだろう。侯爵家の嫡子《ちゃくし》で、外見が見苦しくなく、魔術師団長という職位にあるからね。だからこそ、私の人となりを知りもしない初対面の状態で、女性たちは私の周りに群がるんだ。そして、これでもかと誘いかけてくる」

「まあ、それは大変ね！」

子どもの姿のアレクシスから聞いてもピンとこない話だけれど、思い返してみれば確かに、帆船の上でアレクシス師団長は大勢の女性に囲まれていた。

「もちろん、生まれた時からそんな状態だったわけではない。子どもの頃の私は逆に、両親から相手にされなかったし、使用人たちからは遠巻きにされていた。役に立たない子どもを相手にするような暇人や奇特な者は彼らの中にいなかったのだから当然の話だ。しかし」

アレクシスは言葉を切ると、私の手をぎゅっと握ってきた。

「ルチアーナは逆だ。子どもの私を大切にし、大人の私からは離れていく。そんな対応をするのは君くらいのものだ」

「えっ、いや、大人のアレクシスから私が離れていくというのは……」

実際のところ、チャラっとしたアレクシス師団長には苦手意識を持っていたけれど、そのことを認めると、同一人物であるアレクシス少年をも否定することになりそうだったため、ぼそぼそと小声で否定する。

すると、アレクシスは皮肉気な笑みを浮かべた。

「帆船の上でルチアーナの手を握ったら、君は1秒でも早く私の腕を払いのけたいとばかりの表情をしていたじゃないか」

「うぐっ！」

アレクシスはどれだけ観察力があるのかしら。必死で感情を隠していたつもりだったのに、正確に言い当てられてしまったわよ。

「いや、その、それは……」

しどろもどろに言い訳をしようとすると、アレクシスは考えるかのような表情で心情を吐露し始めた。

「自分でも自惚《うぬぼ》れているセリフだと思うが、私に触れられて嫌がった女性はルチアーナが初めてだ。

だから、意外に思って、君のことはずっと観察していたんだ。……ああ、いや、違うな。私が触れることを厭う女性がもう1人いたな。母上だ。それから、男性であれば父上か。赤の他人の女性たちは私に触れられることを好むが、両親は厭うというわけだ」

「それは……そう見えただけで、実際には嫌がられていないのかもしれないわ」

長年信じていることをひっくりかえすのは難しいわよね、と思いながら反対意見を口にする。

すると、アレクシスは面白くもなさそうに唇を歪めた。

「そうだろうとも。そのうえ、母が顔色一つ変えずに嘘をつくこともないわけだ。私に触れることもできないのに、『あなたを愛している』と母はいつだって口にした。さらに、美しい顔のまま『カンナ侯爵を愛している』と」

「…………」

いつの間にかアレクシスの深い部分に関わる話になってきたため、言葉を差し挟《はさ》めずにいると、彼はほっとため息をついた。

「ルチアーナには悪いけど、そもそも私は綺麗な顔の女性は信用しないから、君のことは初めから疑いの目で見ていたんだ。私の母上は美しい顔のまま嘘をつくから」

「まあ」

私の話は置いておいても、実の母親を嘘つきだと断定するのはいかがなものかしら。

それに、そうだったわ。アレクシスは私のような顔が嫌いだったのだわ。

ゲームの中のアレクシスは、長年母親を嫌っていたことの影響で、母親と同じように貴族的で整った顔立ちの女性全般が大嫌いになったのだから。

その結果、典型的な高位貴族の容姿をした私は、蛇蝎《だかつ》のごとく嫌われていた。

そんなアレクシスだからこそ、主人公《ヒロイン》の庶民的で可愛らしい容姿に安心感を覚え、すぐに彼女に好意を抱くのだ。

だから、彼の両親についての傷を癒すのは、主人公《ヒロイン》の特権なのよね。

……と考えたところで、先ほど取った小休憩のことを思い出す。

あの時、お兄様は可愛らしい野草を見つけたと言って私を誘い出し、アレクシス師団長についての秘密を語ってくれたのだ。

◇　◇　◇

「まあ、お兄様、本当に可愛らしい花ですね！　色とりどりの小さな花がたくさん集まって咲いているので、遠くから見ると地面に虹がかかっているようです。花の色合いがこれほど淡いと、とっても幻想的ですね」

兄に誘われるまま付いていった小川の先で、淡い色の花々が咲く様を目にした私は、興奮した声を上げた。

対する兄は、満足した様子で頷く。

「そうだろう。この花は手折《たお》って一輪だけ眺めても、決してよさは伝わらないのだ」

「本当ですね！　素敵な場所を教えていただきありがとうございます」

素敵なものを見せてもらったことに嬉しくなってお礼を言うと、兄は迷う様子で言葉を続けた。

「……一つ話をしてもいいか？」

「はい？」

わざわざ前置きをするなんて、一体何を言い出すつもりかしら、と顔を上げて兄を見つめると、兄はすぐに口を開くことなく私の髪をもてあそび始める。

言いづらい話なのかしら、と黙って待っていると、兄は少し考えた後に口を開いた。

「通常であれば、酔った相手が漏らした言葉を他に話すことはないのだが……お前は知っておいた方がいいと思うので共有する」

「はい」

兄の言葉には主語が抜けていたため、何についての話か分からなかったものの、続きを促すように返事をする。

すると、兄はじっと私を見つめてきた。

「昨夜、アレクシス師団長と晩餐《ばんさん》をともにした」

その話はアレクシス本人からも聞いていたため頷く。

「その際に、彼は自分自身のことについて語っていた。お前が恋愛に関するゴシップを知らないことはないだろうから、既に聞き及んでいるはずだが、アレクシスは父親の血を引いていない、不義の子だとの噂がある。どうやら彼は、その噂を信じているようだ」

「……ええ」

前世の記憶を取り戻す前のルチアーナは、ゴシップとファッション情報はいつだって最新のものを入手していた。

そのため、兄の言葉に頷きながらルチアーナの記憶を探ってみると、……確かに、アレクシスに関する情報がたくさん頭の中に詰まっていた。

というのも、カンナ侯爵家のことは頻繁に社交界の噂になっていたため、この一家に関する情報を収集することは簡単だったからだ。

その内容はというと、カンナ侯爵夫妻はどちらにもたくさんの恋人がいて、自由恋愛を楽しんでおり、侯爵夫人の恋人の1人がアレクシスの実の父親だろうというものだった。

母親は浮気者、戸籍上の父親も浮気者、血縁上の父親は既婚者と分かっていて侯爵夫人に手を出す不埒者《ふらちもの》。

だからこそ息子のアレクシスも軽佻浮薄《けいちょうふはく》だと思われており、様々な女性の間を渡り歩くものの、いつだって1人に絞り切れず、複数人の女性を相手にしているのがその証《あかし》だと言われていた。

「……ええ、そうですね。その噂話は聞いたことがあります。そんな両親の血を引いているアレクシス師団長も、手軽な恋愛に現《うつつ》を抜かす軽薄で不埒な貴族の子息だ、という噂も」

というか、頭の中にあったゴシップ情報を引き出してみると、どうやらこの世界のアレクシスの家庭環境や振る舞いは、ゲームの中のものと同じようだ。

ただし、実際の彼が心の裡《うち》で何を考えているのかについては、ゴシップ情報からは見えてこない。

だから、アレクシスの心情を理解するには、ゲームの知識の方が役に立つのじゃないだろうか。

そう考えた私は、前世でプレイした乙女ゲームの記憶を辿る。

この世界の基になった乙女ゲーム『魔術王国のシンデレラ』では、物語がアレクシス視点で進む場面があったため、彼の苦悩についてフォーカスされていたからだ。

ゲームの中のアレクシスは幼い頃からずっと、両親が不仲だという噂を信じており、そのことに胸を痛めていた。

両親に対しては相反する複雑な感情を抱いており、父親には尊敬と憎しみを、母親には愛情と軽蔑を感じていた。

それらの感情は拗《こじ》れた状態で周りの者たちにも向けられたため、友人の誰にも心を開くことができず、美しい女性を厭い、彼女たちは嘘をつくものだと信じていた。

さらに、両親の軽薄な血を引いたため、誰に対しても真剣になれないと思い込んでおり、その場限りの恋愛を繰り返していた。

しかし、元々は真面目なタイプなので、場当たり的で軽薄な恋愛を繰り返すたびに、アレクシスは消耗していくのだ。

そんな彼が両親の真実を知るのは、２人が事故で亡くなった後だ。

侯爵の遺品から手紙が、侯爵夫人の遺品からオルゴールが出てきて、それらを突き合わせたことで、母は父を裏切っておらず、彼は父と血がつながっているのだと気が付いたのだ。

誤解が解消されたことで、無意識のうちに蓋をしていた力が解放されたのか、その時アレクシスは初めて父親と同じ魔術を発動させることに成功した。

同時に、彼の手の甲に刻まれていた母親の家紋の花が、父親の家紋であるカンナの花に書き換わった。

そのため、彼はカンナ侯爵の血を引いているのだと、やっと実感できたのだけれど……。

「あれ？」

ゲームのストーリーとしてはこの後、最後まで両親と分かり合えなかったことに傷ついたアレクシスを主人公《ヒロイン》が慰めることで、彼の心が主人公に傾きだす展開になるはずだ。

けれど……。

私は今さらながら、ゲームのストーリーの詳細を思い出して青ざめる。

「お兄様、アレクシス師団長のご両親はご存命ですか？」

「ああ、カンナ侯爵も侯爵夫人もそれぞれお忙しい暮らしをされているため、あまりアレクシスと関わることはないがな」

待ってちょうだい。ゲームのスタート時に、カンナ侯爵夫妻は既に亡くなっていたわ。

それが、……生きている？

だとしたら、セリアの時のようにゲームのストーリーを変えることができるのじゃないだろうか。

どきどきと激しく拍動し始めた心臓部分を服の上から押さえていると、兄が言葉を続けた。

「そのカンナ侯爵について、アレクシスは噂を仕入れてきたようで、昨日の晩餐の席で苦悩していた。『父上はいつか、外に子どもを作るだろうと思っていた。しかし、その場合、婚外子は跡取りにできないから、子どもが生まれる前に母上と別れて、子どもの母親と結婚するはずだ。……父上の恋人の一人が身籠もったと聞いたから、その時が来たのだ』とね。本人はぐでんぐでんに酔っていたから、発言内容を覚えていないだろうが」

「えっ！」

アレクシスに義理のきょうだいができるという展開は、ゲームの中になかったわ。

ということは、アレクシスルートのストーリーが、既にゲームとこの世界で異なってきているのだろうか。

あるいは、アレクシスが勘違いをしているのか。

「アレクシスが海上魔術師団に入ったのも、カンナ侯爵の血を引いていないのであれば、爵位を継ぐことはできないと考えたかららしい。いつか父親が自分の血を引いた息子を連れてくるはずだから、アレクシス本人はお払い箱になるだろうとね。その時を見据えて、爵位に関係なく身を立てることができる地位に就きたいと考えたようだ」

彼が海上魔術師団に入ったのは成人して間もなくのはずだから、その頃には既に人生を決断していたのだろうか。

「アレクシスは今、体が子どもになっているから、肉体と同様に感情制御も未熟になっている可能性が高い。大人のアレクシス師団長ですら、両親の離婚や異母きょうだいの存在を受け入れがたい様子だったから、子どものアレクシスには到底受け入れられない話だろう」

私も10歳の子どもが受け入れられる話ではないと思う。

「若返ったアレクシスはお前に心を許し始めているようだから、お前の前で感情を露《あらわ》にするかもしれない。その時に今の話を思い出すと、少しは助けになるのではないかな」

さすがお兄様ね。まだ起こっていないことを先読みして、リスクを減らそうとしてくれているわ。

私は兄の周到さに感心しながら大きく頷く。

すると、兄は気遣うように私の頭に片手を乗せた。

「他人の激しい感情を受け止めるのは楽ではない。だから、もしもアレクシスが激高した場合は、必ず私を呼ぶのだ。いいね？」

まあ、お兄様は私の代わりに、矢面《やおもて》に立ってくれるつもりなのだわ。

そのことに気付いたため、私は感謝の気持ちとともにもう一度大きく頷いたのだった。

◇　◇　◇

「ルチアーナ、難しい顔をしてどうしたの？」

兄から聞いた話を思い出しながら無言で歩き続けていると、アレクシスから質問された。

そのため、慌てて誤魔化《ごまか》すための言葉を口にする。

「あ、ええと、私たちをこの島に呼んだものの正体がちっとも分からないなと思って。ヒントらしきものすら見つからないわよね」

実際には、アレクシスの悩みについて考えていたのだけれど、私は知らないことになっているので、正直に口にするわけにはいかなかったからだ。

今のアレクシスは10歳くらいに戻っているけれど、多分、この年齢の時には既に自分が父親の血を引いていないとの噂話を聞いていたはずだ。

それは、10歳の子どもが聞く話ではないだろう。

私は暗鬱《あんうつ》たる気持ちになると、彼の手をぎゅううっと握りしめた。

「ルチアーナ、どうかした？」

「……いえ、この島は見たことのない木や花があるから、誰も体験したことがない楽しみや感動があるはずだと思ったの。アレクシス、前人未踏の島で、他の誰も知らないことを私と一緒に体験しましょうね！」

「くくく、ルチアーナはいつだってわくわくすることを言うんだね」

アレクシスは一人っ子だ。

人は叶《かな》わないことをより強く望む傾向にあるから、アレクシスはきょうだいがほしいと考えたことがあるのかもしれない。

「今のアレクシスは10歳くらいよね。私は16歳だから、この島の間だけでもお姉さんと思ってもらえると嬉しいわ」

「いや、10歳とはいっても、既に私の方がルチアーナよりも何だって上手だよ。こんな出来の悪い姉はお断りしたいな」

アレクシスは顔をしかめたけれど、心なしか頬が赤い気がするので、私の提案に悪い気はしなかったと受け取ってもいいのかしら。

私はわざと怒った表情を作ると、海の方を指さした。

「だったら、どっちが綺麗な石を見つけることができるか競争しましょう！　制限時間は1分よ！　ヨーホーホー」

そう言うと同時に、私は砂浜に向かって駆け出した。

後ろからアレクシスが「汚いぞ！」と叫んでいたけれど、私は走るのを止めなかった。

何だか無性《むしょう》におかしくなって笑い声を上げていると、砂に足を取られて転んでしまう。

「くくく、ルチアーナ、砂浜に頭から突っ込む16歳ってどうなんだろうね？」

くう、確かに砂浜で転ぶなんて一生の不覚だけど、砂まみれになった私を見て笑い転げるアレクシスの態度はどうなのかしら。

「お言葉だけど、アレクシス、そこは紳士として見て見ぬふりをすべきじゃないかしら？」

紳士失格だわとの意味を込めて、呆れた視線を送ったけれど、アレクシスは悪びれることなく無邪気な笑みを浮かべた。

「ああ、ルチアーナは知らないだろうが、私が紳士になったのは11歳の時なんだ。10歳の子どもに紳士であることを期待されても無理な相談だよ」

「嘘おっしゃい！　6歳のあなたからカンナの花を差し出された子爵家のご夫人が、『アレクシス様は6歳の時には既に紳士だった』と感激された話を聞いたわよ」

「しまった、ルチアーナは噂話に詳しいタイプだった」

アレクシスが失敗したとばかりに顔をしかめるので、おかしくなって高笑いをする。

「ほほほ、その通りよ。私を舐《な》めてもらっては困るわ。これまでにあなたがやらかしたほぼ全ての噂を、私が知っていると思ってちょうだい」

アレクシスが私を起き上がらせようと片手を伸ばしてきたので、私はその手を摑むと、思いっきり引っ張る。

それはアレクシスにとって想定外の動きだったようで、彼は見事に頭から砂の中に突っ込んだ。

「うふふふ、やったわ！」

「嘘だろう？　16歳の淑女が砂の中に子ども引きずり込むってあり得ないだろう！」

目を丸くするアレクシスの前に、私は咄嗟《とっさ》に摑んだ白い石を差し出す。

「さあ、時間よ！　ほら、私が拾った石はこれよ。ああー、アレクシスは一つも拾っていないみたいだから失格ね！　ヨーホー」

アレクシスは悔し気な表情を浮かべた。

「ルチアーナ、君はほんっとうに汚いよ！　ああ、私の知っている侯爵令嬢はいつだって優雅に歩いているのであって、決して走ったりしないのに！　ルチアーナはそれどころじゃなくて転ぶし、子どもである私を引き倒すし、何が何でも勝負に勝とうとするよね」

「ほほほ、勝負に綺麗も汚いもないわ。これで石集め勝負は私の勝ちだから、私にもあなたより優れた部分があったと証明されたわね。アレクシス、私のことを頼りになる姉だと思ってくれていいからね」

「どさくさに紛れて、『頼りになる』というワードが追加されているよ」

白浜と海はわくわくした冒険心を引き出し、童心に返らせる効果があるのかもしれない。

私は普段より子どもっぽい言動をしていることを自覚していたけれど、楽しくて止められないのだから。

「ところで、先ほどからルチアーナが連発している『ヨーホー』ってのは、何かの掛け声なの？」

あら、何度も私が使ったから気になったのかしら。

「海賊の合言葉というか、わっしょい的な言葉というか……海を見て心が荒ぶり、海賊的な気持ちが高まった時に発せられる言葉だと思ってちょうだい」

前世で見た海賊映画では、必ずと言っていいほど『ヨーホー』という掛け声が使用されていた。

そのため、海を見て気分が高揚したことで、ついその言葉が飛び出てしまったようだ。

「ルチアーナは海賊を目指しているの？　一体何を強奪するつもりなのさ」

「えー、あなたのハートよ！　なんてね」

片足を上げてふざけたポーズを取ると、両手でハートマークを作り、アレクシスに向かって投げてみる。

アレクシスはそんな私を黙って見つめていたけれど、すぐに大きなため息をついた。

「……ルチアーナって美人だよね。なのに、何でそんなに無邪気なの？　ぜんっぜん発言の影響力を考えていないし、私を落とそうという狙いもないよね。野心ある貴族のご令嬢だったら、一時的に幼い姿に戻った私を、今がチャンスとばかりに落としにかかるんじゃないかな。よくそんな性格でこれまでやってこられたね」

「うん？」

美人だと言われたのに、なぜだかびっくりするほど褒《ほ》められた気がしない。

「ああ、そうか。サフィアは完全無欠だからね！　彼がルチアーナを守ってきたから、こんな残念な仕上がりになったのかな」

「まあ、私が残念だという話は置いておくにしても、そうね、兄が私を守ってきてくれたのは間違いないわ」

突然、どうしてお兄様が私を守る話になったのかしらと思ったけれど、何度も何度も私が兄に守られ、助けられたことは間違いないため肯定する。

「やっぱりね！　サフィアの発言からそうじゃないかと思っていたんだ」

アレクシスは自分の閃《ひらめ》きに満足した様子を見せたけれど、主語がなかったので何のことを言っているのか分からずに質問した。

「何を思っていたの？」

「だから、サフィアとルチアーナの関係だよ！　『この世で最も親密な間柄だ』とサフィアは言っていたじゃないか。どういうことかな、とずっと考えていたんだけど、文字通りの関係ってことだよね。２人は恋人なんだろう？」

「げふっ！」

私は大きく吹き出す。

びっくりした私は呼吸の仕方を間違えて、変なところに空気が入ってしまったようだった。

47 この世で最も親密な間柄とは？

「そ、そうね。確かに恋人関係を『この世で最も親密な間柄だ』と思っている人はいるわよね」

私はげほげほと咳《せ》き込みながら、アレクシスの発言を肯定した。

「でも、この場合は当てはまらないわ。サフィアお兄様は兄なのよ」

というか、この島に来てからずっと、私はサフィアお兄様のことを「お兄様」と呼び続けているわよね。

一体どうやったらそんな勘違いが起こるのかしら。

「は？　兄？　確かにルチアーナはサフィアのことをそう呼んでいるが、親しい者に使う愛称のようなもので、実際の兄妹ではないだろう？　だって、サフィアは嫌になるくらいルチアーナを大事にしているじゃないか！」

まあ、まるで家族は相手を大事にしないみたいに聞こえるわよ。

そんな私の心の声が聞こえたわけでもないだろうに、アレクシスは激しい調子で続けた。

「家族は絶対に親密な相手ではない！　たまたま同じ家に生まれただけの間柄でしかないからね!!」

きっぱりと言い切ったアレクシスを見て、ああ、彼にとっての家族は親密な相手ではないのねと悲しい気持ちになる。

何と声を掛けたものかしらと躊躇《ためら》っていると、後ろから落ち着いた声が響いた。

「始まりはそうだな」

振り返ると、いつの間にかサフィアお兄様が近寄ってきていて、アレクシスの言葉に返答していた。

普段のアレクシスであれば、兄の言葉に興味深く耳を傾け、受け入れるのだけれど、今回ばかりは納得いかない様子で言い返す。

「始まり？　最初から最後までそうだろう！　血がつながっていることが唯一の関係性だ！　いや、夫婦間に至ってはその血のつながりすらない!!」

「そうだな。互いに何の関係性も築かなければ、アレクシスの言う通り血縁関係と婚姻関係のみによって結ばれた集団でしかないだろう」

兄は理解を示すように頷いた後、「だからこそ」と続けた。

「できる限り時間と経験と思いを共有しようとするのだろう。相手を知り、自分を知ってもらい、同じものを食べ、同じものを見て、体温の温かさを感じ合ったら……『家族だ』と認識できるようになるのかもしれない」

アレクシスはかっとした様子で、激高した声を上げる。

「そんなものは夢物語だ！　全ての家族の心が通じ合っていて、仲がいいというわけではない!!」

「その通りだな」

兄は下手《へた》な慰めの言葉を言うことなくあっさり肯定すると、自分の話に切り替えた。

「私もアレクシスと似たようなことを考えていた。ルチアーナという妹ができるまでは」

ん？　兄は物心が付いていて、私を妹と認識できた頃のことを言っているのよね。

私が生まれた時の兄は3歳でしかなかったから、その頃の記憶はないはずだもの。

いくらお兄様がすごいと言っても、3歳の頃の記憶が残っているはずないわ、と考えを巡らせていると、隣でアレクシスが目を見開いた。

「何だって！　君までそんなことを言うとは、本当にルチアーナは君の妹なのか!?」

「ああ、その通りだ」

兄が真顔で肯定すると、アレクシスは動揺した様子で髪をかき上げる。

「確かに晩餐の席で、『私は全てに飽いているから、もしも君が私の退屈を吹き飛ばしてくれたら、君の望みを何だって叶える』とサフィアに言った。しかし、一旦『この世の中で最も親密な間柄』だと言っておきながら、兄妹だと明かすのはあまりに意表をついているだろう！」

いえ、そんなに驚くような答えではないわよね。

『この世の中で最も親密な間柄』だと聞いた時、『それは家族だ』と思う者は一定数いるのじゃないかしら。

恐らく、アレクシスの環境の方が特殊で、だからこそ独特の考え方をするのだろうけれど、兄はそのことを全て分かったうえで、わざと『この世の中で最も親密な間柄』だという表現を使ったのかもしれない。

『家族は親密な間柄』だとアレクシスに伝えるために。

アレクシスは驚愕した分だけ、兄の言葉を何度も思い返すはずだから、そのたびに言葉の意味について考えるだろう。

アレクシスが家族について考える機会を多く持つことで、いつか兄の言葉を理解できるようになるかもしれないと、兄は期待しているのだ。

黙って見つめていると、アレクシスは突然、はっとした様子で兄を見た。

「それならば、サフィアは貴族なのか？　ルチアーナの兄だとしたら、侯爵令息になるのじゃないか？　嘘だろう！　だったら、どうしてサフィアは何だってできるんだ!?」

驚愕した様子のアレクシスに、兄はおかしそうににやりと笑う。

「これくらい普通だ。公爵家子息のジョシュア師団長だってできることだからな」

「また、お前は！　低い基準のたとえとして私を出すんじゃない!!」

いつの間にかジョシュア師団長も近くにいたようで、後方から兄に苦情を言う声が響いた。

一方の兄はにこやかな笑みを浮かべると、片目を瞑《つむ》る。

「やあ、それは師団長の解釈違いだ。常日頃から敬愛しているジョシュア師団長閣下であるからこそ、褒めるべき時にたとえとして出してしまっただけだからな」

「敬愛？　なるほど私に大量の枯れ枝を運ばせることが、お前の敬愛の示し方なのか！　全部私に押し付けやがって」

ジョシュア師団長の手許を見ると、発言通りに山盛りの枝を抱えていた。

兄とジョシュア師団長の2人が姿を消していたのは、どうやら暖を取るための枯れ枝を集めていたからのようだ――――どういうわけか、枝の全てをジョシュア師団長が運んでいるけれど。

言い合う2人を見るのは初めてのようで、アレクシスは驚いた様子で兄とジョシュア師団長を見つめていたものの、すぐにほうっとため息をついた。

「何だか疲れたな」

「ああ、そろそろ日も暮れる頃だから、今日はこの辺りで休むとしよう」

兄の言葉にジョシュア師団長が皮肉気な声で答える。

「安心しろ！　夜じゅう燃やしても余るほどの薪《まき》を集めたから、野営をすることに何の問題もないぞ!!」

今まで見て回った範囲において、島の外周部は砂浜だったものの、中心部は木々が生い茂る森林になっていた。

私がアレクシスと砂浜で遊んでいた間、兄とジョシュア師団長はその森に入って、薪を集めてきてくれたらしい。

2人とも高位貴族とは思えない手際の良さよね、と感謝してお礼を言うと、何でもないとばかりに手を振られる。

どうやら私を除く3人は野営に慣れているようで、その後の3人は海から離れた場所で、一晩過ごすための準備をてきぱきと始めた。

兄は枯れ枝を無造作に盛ると、期待するように私を見る。

「やあ、火を焚《た》く際に一番重宝するのは、何と言っても火魔術の使い手だな。我が妹がいてくれて助かった」

「えっ?」

まさか兄は私に火魔術を使って、火を熾《おこ》させようとしているのだろうか。

いや、もちろん薪に火をつけるくらいはできるけど、私の魔術は人様に見せられるようなご立派なものではないのだ。

「どうした、ルチアーナ。我がダイアンサス侯爵家が誇る火魔術をみせてやれ」

「ぐくう、お兄様。黙ってください」

我がダイアンサス侯爵家が代々継承してきたのは水魔術と風魔術で、火魔術でないことくらい兄は百も承知だろうに、どうして余計なことばかり口にするのかしら。

というか、お兄様はともかく、魔術師団長に上り詰めるようなトップ魔術師2人の前で、どうして私のちんけな魔術を披露しなければならないのかしら。

ぐぐぐ、お兄様、絶対に許さないわ！

そう思いながらも、この場で火魔術を使用できるのは私だけだから仕方がない、と両手を構える。

それから、魔術発動の呪文を詠唱した。

「火魔術〈初の1〉火球！」

私は全力で魔術を発動させたというのに、両手から発出されたのは小さな火の玉で、へろへろとゆっくり進んでいった後、積み上げられた枝の中にぽとりと落ちた。

あ、あれ、火が消えてしまったのかしらと心配になって覗き込むと、数秒後にぼん！という音とともに小さな炎が上がり、勢いよく小枝が燃え始める。

「よ、よかった。火がついたわ」

安堵のため息をついたところで、アレクシスが感心したような声を出した。

「へえ、見事な威力制御じゃないか！　通常であれば、今のものの数倍もの火力になるはずなのに、用途をわきまえて威力を減少させるなんて、ルチアーナは優秀だね」

ジョシュア師団長も褒めるように頷く。

「ああ、薪に火をつけるのであれば、この火力がベストだな」

「ううう」

天下の魔術師団長2人から馬鹿にされないのはよかったけれど、褒められてもちっとも嬉しくない。

私は全力の魔術を披露したのに、用途に合わせて魔力を下方制御したと勘違いされ、その制御具合が見事だと褒められたのだから。

ああー、魔術師団長に就けるほどの優秀な魔術師たちに、劣等生の気持ちは分からないわ！

そうむくれていると、兄は後ろ髪をまとめていたリボンをするりとほどいた。

それから、そのリボンをくるくるっと回転させたのだけれど、なぜかリボンが膨れていってふかふかのブランケットに変わる。

「えっ？」

驚く私とは異なり、ジョシュア師団長は疲れたようなため息をついた。

「またか。お前は手品師か」

ジョシュア師団長の言葉から判断するに、どうやら兄は師団長の前で同じような手品もどきを披露したことがあるらしい。

兄はブランケットを片手に近寄ってくると、大きな丸太の上に座っていた私の肩にふわりとかける。

「風が強くなってきた。陽《ひ》が落ちるにつれてさらに冷えてくるから、ブランケットにくるまっておきなさい」

兄は私がもそもそとブランケットを体に巻き付けるのを確認すると、袖をまくりながら海に向かって歩いていった。

「魚が苦手な者はいるか？　いないようであれば、今夜の夕食は魚料理だ」

「サフィア、私も手伝うよ！」

すかさずアレクシスが付いていく。

アレクシスは心が子どもに戻っているようで、サフィアお兄様を兄貴分に見立てて、一緒に魚獲りをするつもりのようだ。

「お腹がぺこぺこだから、たくさん獲ってきてちょうだい！」

2人の背中に向かって声を掛けると、アレクシスが振り返って嬉しそうに手を振ってきたため、私も笑顔で手を振り返したのだった。

◇　◇　◇

兄とアレクシスが夕食の魚を獲りに行ったことで、ジョシュア師団長と私がその場に残される形となった。

私たちはそれぞれ焚火《たきび》の周りに置かれた丸太に座ると、火に手をかざす。

ぱちぱちと燃える薪の音を黙って聞いていると、ジョシュア師団長が気遣う様子で質問してきた。

「ルチアーナ嬢、疲れただろう。海上魔術師団のパーティーからこっち、目まぐるしい変化の連続だったから、気持ちが落ち着かないのではないか？」

師団長の言う通り、魔術師団の船上パーティーに参加していたら雷雨に遭い、そのまま未知の島に飛ばされたのだから、普通ならパニックに陥ってもおかしくない状況だ。でも……。

「おかしな話ですけど、慣れているので大丈夫です。カドレアの城に招待されたり、虹樹海《にじじゅかい》を徘徊したり、獣が人に変わる姿を目《ま》の当たりにしたりしたので、大概のことは受け入れられるようになりました」

本当はそれ以外にも、フリティラリア公爵家で魔物と戦ったり、聖山で聖獣を救ったりしたのだけれど、ジョシュア師団長は知らない情報だろうからと割愛する。

しかし、披露した情報だけでも十分だったようで、師団長は理解した様子で頷いた。

「ああ、そうだったな。ルチアーナ嬢は非常に勇敢なのだった。しかし、あなたはたおやかなご令嬢でもあることだから、あまり無理をしないでくれると嬉しい。それから、できるだけ私に頼ってくれないか」

多分、責任感の強いジョシュア師団長であれば、相手が誰であれ同じセリフを口にするのだろうけれど、なぜだか特別な言葉を掛けてもらったような気になってどきりとする。

思わず師団長の顔から視線を逸らすと、普段着用しているかっちりした魔術師団の師団服とは異なるラフなシャツ姿が目に入り、その体格の良さが一目で見て取れたため、さらにどきりとした。

藤色の髪が艶《つや》やかにシャツの上に流れ、焚火に照らし出された白い肌が何とも言えない艶《なま》めかしさを演出していたからだ。

そ、そうだった、ジョシュア師団長は色気の塊だったのだわ！

うわわ、空の下というオープン空間にもかかわらず、2人きりで密室にいるような気持ちになるのはなぜかしら。

「え、えええ、そそそうですね。先ほどの火魔術が私の全力でもあることだし、色々と頼ることにします」

「先ほどの火魔術が全力？」

動揺した私は余計なことを口走ったようで、ジョシュア師団長はぽかんとした顔で見つめてきた。

「あっ、ちが、いえ、違わないんですが。いや、その、ぐう、魔術は不得意でして」

しどろもどろに答える私は、顔が赤くなっていることを自覚する。

ううう、どうして私は動揺すると、余計なことを言ってしまうのかしら。

恥ずかしくなって俯《うつむ》いていると、ジョシュア師団長が近付いてきて隣に座り、優しい表情で私を見下ろした。

「だとしたら、ルチアーナ嬢は全力で薪に火をつけてくれたのだな。ありがとう。おかげで、私は火を熾す労働から解放された。きっと、そのような地味で体力のいる仕事は、サフィアが私に押し付けてくるだろうからね」

「えっ、あっ、はい……」

どうしてジョシュア師団長はこうスマートなのかしら。

どんなに居たたまれない状況に陥ったとしても、必ず優しい気遣いと言葉で、何でもないことにしてくれるのだから。

こんな師団長に誰もが恋をしたとしても、私はちっとも驚かないわ。

「ルチアーナ嬢はただでさえ大変な役割を背負っているというのに、優しさからすぐにやっかいな案件を引き受けてしまうのだね。今回に関しては、突然見知らぬ島に飛ばされたため、避けようがなかったのかもしれないが」

ジョシュア師団長はそこで言葉を切ると、困ったように微笑んだ。

「過去に同じようなやっかいな案件を引き受けてもらった私から言わせてもらうと、とてもありがたくて助かることではある。しかし、あなたはもう少し自分本位になってもいいと思うよ」

ジョシュア師団長が純粋な親切心から発言してくれたことが分かったため、私も正直な胸の内を返す。

「ええと、私は深いことを考えて行動しているわけではなく、多くの場合は勢いで行動しているのです。それに、たまたまではあるものの、今のところ全てがいい結果につながり、多くの方が喜んでくれているので、できることをやってよかったと思っています」

ジョシュア師団長は何とも言えない表情で私を見つめてきた。

「……そうか。あなたは勢いと言ったが、それは決断すべき時にいつだって、『救いたい』という想いの方に踏み込んでいるということだ。あなたが遭遇したのは、どれも前例がない局面ばかりだ

から、恐怖に足が竦《すく》んでも不思議はないというのに本当に勇敢だ」

ジョシュア師団長は手を伸ばしてきて私の両手を包み込むと、そこに唇を当てる。

「あなたが与えた優しさが、それ以上になって戻ってくることを願っているよ」

師団長はその言葉とともに伏せていた目を上げたのだけど、その艶っぽさといったら尋常ではなかった。

突然発せられた色気にあてられ、言葉を発せられずにいると、ジョシュア師団長は小さく微笑んで、元の位置に戻ってくれた――――つまり、私と向かい合う形の丸太に腰をおろしてくれた。

恐らく、師団長の色気にあてられて動揺した私に気付き、これ以上私を疲労させるものではないと、引いてくれたのだろう。

こういうところが、師団長の大人でスマートなところよね。

さすがだわと感心していると、師団長は雰囲気を変えるかのように明るい声で別の話題を提供してくれた。

「ところで、ダイアンサス侯爵家が引き継いできたのは水魔術と風魔術だったね。素直に考えれば、ルチアーナ嬢もどちらかを選択すべきなのだろうが、なぜサフィアはあなたが火魔術を選択するのを認めたのだろうな。基本的にいつだってあいつはふざけているが、魔術の選択といった肝心な場面では、真剣に対応するかと思ったが」

ジョシュア師団長は首を傾げたけれど、当時のルチアーナは悪役令嬢として全盛期だったから、兄が近付ける雰囲気ではなかったし、たとえ兄が近付いてきて、選択した魔術を変えるようアドバイスしたとしても従わなかったはずだ。

何たってルチアーナは、『憧れのエルネスト王太子とお揃いにしたい』という不純な動機で火魔術を選択したのだから、常識的なアドバイスを聞くはずがないのだ。

「ええと、当時の私は扱いが難しかったので、お兄様も助言ができなかったのだと思います」

私の言葉を聞いてもなお、ジョシュア師団長は首を捻っていたけれど、その時、海岸から賑やかな声が響いた。

振り返ると、兄とアレクシスが楽しそうに話をしながら、こちらに歩いてくる姿が見えた。

ほんのわずかな時間で2人が戻ってきたため、忘れ物でもしたのかしらと咄嗟に思う。

よく考えたら、2人とも魚を捕まえるための道具を何も持っていかなかったわよね。

せめて銛《もり》代わりの鋭い枝くらい持っていけばよかったのに、とんだうっかり者さんたちだわ、と苦笑していると、アレクシスが信じられないといった表情を浮かべているのが見えた。

何を驚いているのかしらと首を傾げながら兄を見ると、両腕に大量の魚やカニ、エビ、貝といった魚介類を抱えていたので、思わず声が零れる。

「えっ、魚介類が獲れている!?　こんなわずかな時間であんなにたくさん、どうやって??」

もしかして2人が浜辺に着いた時に都合のいい風が吹いてきて、海の中から魚やカニ、エビ、貝を砂浜まで運んでくれたのかしら。

なんてお気楽に考えたけれど、そんな都合のいいことが起こるはずもなく、どうやら兄が一人で獲ったとのことだった。

その場面を目の当たりにしたアレクシスは興奮冷めやらぬ状態で、ジョシュア師団長に向かって普段よりも大きな声で説明を始める。

「ジョシュア師団長、サフィアは一体何者なんだ⁉　この索敵能力の高さと魔術の正確さは驚愕に値するぞ！　そもそも魚を獲ったというのに、体が一切濡れていないことがおかしいよな！　しかし、海に入りもしなかったのだから、濡れるはずがないんだ」

「ああ、サフィアだからな」

一方のジョシュア師団長は兄の異常さに慣れているようで、普段と変わらない様子で短い相槌を打つ。

そんな師団長に不満気な様子を見せたものの、興奮の方が勝っていたようで、アレクシスはさらに言葉を続けた。

「信じられるか、サフィアは海を一望しただけでどこに魚がいて、どこにカニやエビがいて、どこに貝がいるかを把握したんだぞ！　しかも、それぞれの動きを先読みして同時に捕獲したんだ！　ああ、一度に海の様々な場所から魚やカニや貝が飛び出てくる情景を見せてやりたいよ！　本当に驚愕するから」

「ああ、サフィアだからな」

同じ言葉を繰り返すジョシュア師団長を見て、アレクシスは茶化されていると思ったようで、むっとして眉を寄せる。

「私は誇張した話はしていない！　いいか、実際にサフィアは」

「いや、アレクシス、君の話を疑っているわけではない。私はサフィアとともに3年間も魔術師団にいたのだ。彼の非常識さは十分理解している」

ジョシュア師団長の言葉を聞いて、アレクシスは驚いた様子を見せた。

「何だって、サフィアは陸上魔術師団に所属していたのか？　だが、彼の名前は聞いたことがないぞ。これほど優れた魔術師であれば、一度や二度は名前を耳にしているはずだが」

兄が重々しい様子で頷く。

「うむ、二つ名は付いていたぞ。『働かないアリ』というものだ」

「それは……黙っていた方がいい情報だったかもしれないな。もしかしてサフィアが軍にいたのは随分前のことなのか？　若年だったのであれば、今ほど魔術の腕はなかったろうし、遊びたい盛りであれば、真面目に働かなかったのかもしれないな」

アレクシスの言葉を聞いたジョシュア師団長が肩を竦める。

「通常の想定ではそういう思考になるだろうな。サフィアの二つ名の意味を理解するため、実際に彼の師団生活を見てほしかった気持ちだな」

その短い言葉だけでも十分に、兄に苦労させられたジョシュア師団長の大変さが伝わってきたため、私は心の中で当時の師団長に感謝の言葉を贈ったのだった。

その後、皆で兄が取ってきた魚介類を食べたのだけれど、どれもすごく美味《おい》しかった。

ちなみに、アレクシスが「海上魔術師団長の実力を見せてやる！」と宣言し、ほとんど1人で料理をしてしまった。

さすが海上で多くの時間を過ごすだけあって、アレクシスの料理の腕前は本物で、出された海鮮料理はどれも美味しかった。

それなのに、皆が褒めると、「これだけ皆が空腹で魚が新鮮だと、何を出しても美味しいに決まっている」と返すのだから、意外と褒められることに弱いようだ。

その後、皆で火の周りに横になったのだけれど、私は満腹感と焚火の暖かさのおかげもあって、すぐに眠りに落ちたのだった。

48 妖精との遭遇

翌朝、目が覚めた時、兄とジョシュア師団長は既に側《そば》にいなかった。

どうやら早くに目を覚まして、島の中を探索しに行ったようだ。

アレクシスは私の隣でくーくーと眠っていたので、可愛らしいわねと思いながら顔にかかる髪を払う。

すると、アレクシスはすぐに目を開け、無言で私を見つめてきた。

「おはよう、アレクシス」

笑顔で挨拶をすると、アレクシスは数秒間沈黙した後、真顔で口を開く。

「ルチアーナは朝一番でも綺麗なんだね。女性はこれでもかと化粧をしているから、朝の顔は別人になるのだと思っていたよ」

「まあ、酷いことを言うのね。一体どんな経験をしたら、そんなセリフが出てくるのかしら？」

「女性と朝まで過ごす利点は何もないから、そんな経験は一度もないよ。全て私の想像から出た言葉だ」

アレクシスはそこで初めて気が付いたとばかりに、ふっと微笑んだ。

「女性と一晩過ごし、朝まで一緒にいたのはルチアーナが初めてだよ。悪くない経験だ」

その言い方がこまっしゃくれていたため、私は手を伸ばすとくしゃくしゃと彼の髪の毛をかき混ぜる。

「生意気よ、アレクシス！　十歳児がそんなことを言うなんて、私は教育を間違えたのかしら」

大げさに嘆いてみせると、アレクシスは体を起こして口を尖《とが》らせた。

「一晩一緒に過ごしただけで母親を気取られるなんて、ルチアーナの方が私より酷いよ」

「ほほほ、私は16歳だからね。アレクシスも成人した暁《あかつき》には、ちょっとばかし気取ったセリフを言っても許してあげるわ」

「私は29歳で、とっくに成人しているのだが……」

アレクシスが不満気に言い返してきたその時、突然、目の前をついと鮮やかな色が横切った。

何かしらと視線をやると、船の上で兄の肩に乗っていたのと同じ、色鮮やかな極楽鳥が飛んでいた。

「まあ、極楽鳥よ！　しかも、船の上で見たものと全く同じ色合いだわ！　もしかしたら同じ種類じゃないかしら」

極楽鳥はぐるりと私たちの周りを旋回した後、まるで案内するかのように少し先を飛び始めた。

興味を引かれて付いていくと、極楽鳥は島の中心部に向かって飛んでいく。

昨日の私たちはまず島の全体像を把握しようと島の外周を探っており、島の中心部にはほとんど足を踏み入れていなかった。

兄とジョシュア師団長がいない状況で、未知の場所に向かうことに躊躇《ちゅうちょ》したけれど……極楽鳥に呼ばれているような気がしたため、危険な場所だったらすぐに引き返そうと考えて、後に付いていく。

極楽鳥はうっそうと茂った低木の間を抜け、色とりどりの果実が生った木々の間を飛んでいった。

必死になって付いていくと、泉がある開けた場所に出る。

足許に気を付けながら進んでいくと、極楽鳥の飛行速度が緩やかになり、ついと高度を落としていった。

何かを見つけたのかしらと立ち止まって観察すると、極楽鳥はふわりふわりと羽ばたいて、一人の人物の膝の上に舞い下りる。

その人物はこの幻想的な景色の中にあって、決して色褪せないほど美しくも麗しい……。

「よ、妖精！」

驚いて上げた言葉の通り、泉にいたのは人外の美しさを持つ麗人だった。

その麗人は泉の上に横倒しになった木の上に座っていたのだけれど、神秘的な景色と相まって、この世の者とは思えないほどの清廉な美しさを見せている。

長く伸ばされた深い海色の髪は肩や腰を真っすぐ滑り降りた後、その一部は水の中に沈んでいて、

泉に溶けているかのようだった。

鮮やかな髪が真っ白な肌や端整な顔立ちと完璧に調和しており、髪よりも一段深い濃紺の瞳はきらきらと輝いて、幻想世界の住人だと信じられる美しさだ。

そんな麗人が色とりどりの果実が生い茂る木々を背景に、海よりも青い泉の中に足先を浸して座っているのだから、見とれてしまったのは仕方がないことだろう。

けれど、その夢のような情景を見た私は、次の瞬間ぴーんと閃く。

「あっ、私はこれそっくりの挿絵を『妖精図鑑』で見たことがあるわ！　ということは、間違いなく妖精だわ!!」

私の声に気付いた妖精は、驚いたように目を瞬かせて私を見た後、おかしそうに微笑んだ。

「シストだよ。『妖精』と言われたのは初めての経験だな。皆からは『慈愛に満ち溢れている』と言われているよ」

ううーん、私の知る限り、自分で優しいと言う人に優しい人はいないのよね。

だから、自ら『慈愛に満ち溢れている』と言う人が、慈愛に溢れた人かどうかは疑問が残るところだわ。

そう思ったところで、名前に引っかかりを覚える。

「シスト？」

あれ、そう言えば最近、どこかでそんな名前を聞いたような気がするわね。一体どこでだったかしら。

考え込む私の後ろからアレクシスの声が響く。

「聞いたことがない名前だな。というか、この島で私たち以外の人物に遭遇したのは初めてだ。君はこの島の住人なのか？」

アレクシスの声は警戒心に満ちていたため、そうだわ、未知の島で人のような存在に会ったのだから、まずは疑ってかからなければいけないと気を引き締める。

強張った表情を浮かべる私たちを気にすることなく、シストは楽しそうな笑みを浮かべた。

「そういう君は、僕を尋ねてきたお客人かな？　ふふふ、既に外見が変化しているとは、なかなかに思いが強そうだ」

シストの言葉を聞いて、アレクシスはびくりと体を強張らせる。

なぜならシストはアレクシスが若返った事実を指摘し、その原因を知っているかのようなセリフを口にしたからだ。

「君が……私が子どもの姿になった原因なのか？」

私を守るように一歩前に出たアレクシスは、強張った声で質問したけれど、シストはとぼけた様子で首を傾げた。

「さて、そうでもあるし、そうでもないとも言える。現状に満足していて、過去に戻りたいという強い思いを持っていない者は、決してその姿が変わることはないのだから、僕だけが原因というわけではあるまい。この島に漂う僕の力を借りて、君の希望に体が従っただけだ」

シストの言葉を聞いたアレクシスは大きく目を見開くと、図星を指されたかのようにぎくりと体を強張らせる。

その姿を目にしたことで、シストの言葉は事実を突いたのかもしれないと思わされた。

つまり、アレクシスは過去を悔いていて、その頃に戻ってやり直したいと考えているのかもしれない、と。

いずれにせよ、人でない雰囲気を醸し出す存在と深い森の中で相対するという、リスクの高い状況に陥っていることに気付き、心臓が激しく拍動し始める。

ああ、シストと名乗ったこの存在が敵だった場合、私たちは逃げ切ることができるのかしら。

極楽鳥に呼ばれた気がした、なんて呑気な気分で島の中心部に踏み入る前に、兄とジョシュア師団長の帰りを待って一言告げてくるべきだったわ。

遅まきながらそのことを後悔していると、正にその兄の声が響いた。

「やあ、ルチアーナ、こんなところにいたのか。散歩に出るのならば、一声かけていきなさい」

◇　◇　◇

驚いて振り返ると、兄とジョシュア師団長が後ろに立っていた。

「お、お兄様！　ジョシュア師団長！」

ほっとして全身の力が抜け、よろけたところを兄に支えられる。

「うむ、どうやら歩き過ぎのようだな」

呑気な調子で話し始めた兄を見て、そんな状況ではないと慌てて口を開く。

「お、お兄様、あちらに妖精のような、人ではないと思われる方がいます！　シストというお名前だそうです」

私の言葉を聞いたジョシュア師団長は用心深い表情を浮かべたけれど、兄はにこやかな笑みを浮かべたまま胸に手を当てた。

それから、シストに向かって自己紹介を始める。

「初めまして、私はサフィア・ダイアンサスという。ここが君の島で、勝手に入り込んでしまったのだとしたら申し訳なかった。不可抗力で『魔の★地帯《バルシュミースター》』に侵入してしまったところ、なぜかこの島に上陸していたのだ」

シストは楽しそうな笑みを浮かべた。

「おやおや、この島にはこれまで何人かの客人が来たが、君のように礼儀正しい者は初めてだ。ほとんどの者は僕を見て警戒するか、助けを求めて泣き叫ぶかのどちらかだからね」

それから、シストは視線を下げると、彼の膝の上でくつろいでいる極楽鳥を撫でる。

「極楽鳥が君たちを僕の許《もと》に案内してきたのだ。この鳥は滅多に他人に関心を示さないから、君たちがよほど気に入ったのだろうかと、不思議に思っていたところだ」

兄はおかしそうな笑い声を上げた。

「ははは、逆だろう。極楽鳥が私の魔力を記録していたから、不審人物として君の許に連れてきたのではないか。つまり、私を呼び寄せるつもりで、まずはルチアーナとアレクシスをこの場に誘導したのだろう。その極楽鳥は船の上で私に近付いてきた個体だから、私の魔力を覚えているはずだ」

「……なぜそう思う？」

シストは変わらず穏やかな表情を浮かべていたけれど、なぜだかその場の温度が一気に下がったような気がして、背筋がぞくりとする。

「えっ、さ、寒い!?」

私は思わず腕をさすったけれど、兄には緊迫した状況も冷えた雰囲気も伝わらなかったようで、普段通りの様子で答えていた。

「その極楽鳥は触れた相手の魔力を記録できる特殊な個体のようだからな。船の上で私の肩に止まった時、わずかだが魔力の残滓《ざんし》を感じた。君の許から飛び立ったのであれば、君の魔力を記録していたのだろうが、非常に特殊な魔力だったから気になっていたのだ」

兄は自分の手の内を明かし過ぎじゃないかしらとハラハラしていると、シストが素早く丸太の上に立ち上がった。

海色の髪が跳ねてきらきらと輝き、まるで陽に照らされた波間のようだ。

「サフィア、君は一体何者だ？　確かにこの子は触れた者の魔力を記録できるうえに好奇心旺盛だから、突如島に現れた君を不審に思って呼びに行ったのだろう。しかし、たった一度の接触でそこまで気付くとは尋常じゃない！」

「いやーあ、これくらい普通だ。珍しいことに、ジョシュア師団長は気付かなかったようだが」

どうしてここで師団長を持ち出すのかしら、と兄の豪胆さに頭痛を覚える。

そもそも今の発言は、昨日交わした会話に引っ掛けているので、シストに返事をしたように見せかけて、後半はジョシュア師団長に向けて話をしているのだ――こんな一触即発の状況にもかかわらず。

「気付かなくて悪かったな！」

そして、ジョシュア師団長も豪胆なことに、きっちりと兄に言い返していた。

緊迫した状況下で一体何をやっているのかしらと思ったけれど、目の前の2人は全く気にしていないようで、兄は口を尖らせると師団長に苦情を言った。

「昨日、『サフィアは貴族なのに何でもできる』とアレクシスに驚かれた際、『ジョシュア師団長だってできる』と褒めたら、師団長は私を怒ったじゃないか。反省して、今日は『師団長はできない』と逆に貶《おとし》めたというのに、やっぱり怒られるのだから、私はどうすればいいのだ」

「私を話題にしなければいいのだ！　面と向かって『極楽鳥の特異性に気付きもしない』と嫌味を

言われて、喜ぶわけがないだろう!!」

ジョシュア師団長から激しい調子で言い返された兄は、心外だとばかりに肩を竦める。

「やあ、それは師団長の解釈違いだ。私は嫌味を言ったのではなく、事実を指摘したまでだからな。ジョシュア師団長は私と違って、様々な物事に興味があるタイプではない。近付くものがいたら探ってみよう、という発想がないのだろうな」

「いちいちそんなことをやっていたら、魔力も気力も擦り切れてしまうからな!」

当然だとばかりに言い返すジョシュア師団長に向かって、兄は考えるかのように首を傾げた。

「それは魔力の使い方次第だろう。私は3年もの間、全魔力を搾り取られるという経験をしたから、わずかに残った魔力で魔術を行使しようと、工夫することを覚えたのだ。その経験がやっと活かされたというわけだ」

兄がにやりと笑いながら髪をかき上げる様子を、シストはじっと観察していた。

それから、何かに気付いた様子で目を細める。

「それは……」

兄の手の甲にある撫子《なでしこ》の紋を見たシストは、考えるかのように動きを止めた。

「その紋は見たことがあるぞ。……そうだ、カドレアの手の甲に張り付いていたやつじゃないか！なるほど、君が彼女の『強大なる契約相手』だったのか!!」

シストは突然、興奮した様子で手を打ち鳴らすと、大きな謎が解けたとばかりにすっきりした様子を見せた。

「なるほど、そういうことか！　カドレアに紋を要求するほどの魔術師とは、一体どれほど強大な相手なのだろうと、常々興味を引かれていたのだ。恐らく、魔術を極めることに人生の全てを費やした、老獪《ろうかい》な年寄りに違いないと勝手に想像していたが、これほど年若かったとは！　はあー、なるほど、君がねぇ」

シストは興味深い様子で兄の全身を眺めまわす。

「あのカドレアから紋を奪ったのであれば、サフィアの能力の高さは証明されたということだ。しかし、今度は別の疑問が湧いてくるな。これほどの若さで、カドレアと相対できるほどの魔術の高みにいけるものなのか？」

「あの、カドレアって……」

私はどうにも気になって、興奮して一人でしゃべり続けるシストを遮《さえぎ》った。

先ほどから彼が口にしているカドレアというのは『四星《よつぼし》』の一星《いっせい》で、滅多に人の前に現れない特別な存在のはずだ。

そのカドレアを知っているということは、シストは何らかの理由でカドレアに選ばれたのだろうか。

正体不明の島の住人であることといい、先ほど発した人知の及ばない言葉といい、シストもやはり人ならざる存在なのだろうか。

分からないことだらけだったので、せめて分かることから理解しようと、シストの発言内容を反《はん》芻《すう》する。

「お兄様がカドレアから紋を奪った？」

私の言葉を拾ったシストは、おどけた表情を浮かべた。

「ルチアーナ、君は『四星』という存在を知っているかな？　おとぎ話の中に出てくる、遥か高みにある存在だ。そして、カドレアはその中の一星なのだ」

もちろん『四星』のことも、カドレアのことも知っていたため、大きく頷く。

私の返事はシストのお気に召したようで、彼は機嫌よく言葉を続けた。

「契約の際、通常であればカドレアは相手から、一方的に紋や命の一部といった本人を証明するものを奪い取って、契約書代わりにする。しかし、契約相手の能力が彼女と同程度以上だった場合、代替として己の紋を渡さなければならなくなるんだ。とは言っても、『四星』と並ぶほどの魔術師なんているはずもないから、紋を取られたという話はこれまで聞いたこともなかったがね」

そう言われれば、兄とカドレアが魔力供給の契約を結んでいた際、兄の手の甲にはカドレアの紋が、カドレアの手の甲には兄の紋が刻んであった。

そして、２人の契約が終了した瞬間、相手の手の甲から自分の手の甲にそれぞれの紋が戻ったのだ。

「しかし、カドレアは契約をした際、己の紋を奪われてしまった。彼女が口を噤《つぐ》んでいたので、相手が誰かは分からなかったが、彼女の悔しそうな態度から、カドレアの意に反して紋を失ったことは明らかだった」

何と言っても、カドレアはしばらくの間、紋の消失を隠そうと手袋をはめて過ごしていたくらいだからな、とシストは意地が悪い顔で続けた。

「己の紋を奪われてしまうと、それ以降の契約をする際に、たとえ相手が格下でも、紋や命の一部といった『証明物』を一方的に奪い取ることができなくなる。契約するたびにわざわざ契約紋を作成して、互いに所持しなければいけなくなるから、ものすごく不便なのだ。カドレアはそういう面倒さを一番嫌うタイプだから、サフィアに紋を取られた時は怒り狂ったのじゃないかな」

まあ、お兄様の魔術はすごいと思っていたけど、やっぱりとんでもないのねとびっくりする。

ダリルがカドレアと契約した時には、契約内容を紋にしたものが互いの体に刻み込まれた、と言っていた。

今思えば、ダリルは一方的に紋や命の一部といった本人を証明するものを奪い取られたわけでなく、一般的な契約を結んだようだけど――多分、ダリルに魅了の力があると対外的に示すため、その継承者の証であるピンクの紋を奪うことも、命が尽きかけていたからその一部をもらうことも、カドレアは避けたのだろう。

契約ごとに契約方法が異なることは当然だとしても、兄との契約でよくぞカドレアは自分の紋を手放したわね、と不思議に思っていたのだ。

なるほど、カドレアは紋を手放したわけでなく、お兄様に奪われていたのねと納得していると、シストがおかしそうな笑い声を上げる。

「ふふっ、ということは、サフィアはカドレアに一泡吹かせたんだね。一方的に奪い取る予定だったカドレアが紋を奪われた時にどんな顔をしたのか、想像しただけでも楽しくなるな」

シストは非常に楽しそうに笑っていたので、もしかしたらカドレアと仲が悪いのかもしれない。

けれど、彼はふと笑うのを止めると、尋ねるように兄を見た。

「あれ、だが、カドレアが紋を取られたのは3年前じゃないか？　その時、君はいくつだ？　うわー、もしかしてまだほんの子どもだったんじゃないか！」

話の内容がどんどん本筋から離れていったため、私はシストたちの会話を聞くのを止めると、彼は何者かしらと考える。

ここまでカドレアに詳しいのだから、シストがカドレアの知り合いなのは間違いないだろうけど……そして、私は確かにどこかでシストという名前を聞いたことがあって……。

「思い出したわ！　私はカドレアからシストという名前を聞いたんだったわ!!」

聖山で飛竜《ワイバーン》と戦っていた時にカドレアが現れ、この魔物を操っているのは『南星《シスト》』だと教えてくれたのだ。

「カドレアが言っていた『若くて、綺麗な顔をしていて、いつだって正論ばかりを口にする目障りな』……あっ、いいえ、何でもないわ！」

記憶通りにカドレアのセリフを口にしそうになったけれど、すんでのところで思いとどまる。

はっとして口を押さえると、呆れた表情のシストと目が合った。

「いや、そこまで口にしたらもう、全てを話したのと同じことだよね。カドレアのいいところは、陰日向なく相手の悪口を言うことだ。僕は彼女から何百回となく、面と向かって同じ言葉を言われているから、隠す必要はないよ」

そう言って微笑んだシストは中性的な美しさを持つ絶世の麗人で、確かにカドレアが敵愾心《てきがいしん》を燃やすのも納得するほどの美貌の持ち主だった。

「そ、そうなのね。それにしても失礼だったわ。ごめんなさい」

というか、大事なのはそこではないわよね。

カドレアはシストと気安く呼んでいたけれど、その名の主は『四星』の一星である『南星《みなみぼし》』だと言っていたのだから。

「あの、あなたは『南星』なの？　『南の善《よ》き星《ほし》』であり『青《あお》き慈愛星《じあいぼし》』の？」

◇　◇　◇

私の質問を聞いたシストはおかしそうに微笑んだ。

「ふふっ、詳しいね。ご名答だ。僕が『南の善き星』であり『青き慈愛星』のシストだよ」

非常に軽い調子だったけれど、シストは確かに南星であることを肯定した。

人でないことを隠す気もなくなったようで、彼はふわりと空中に浮きあがると、泉を超えて私たちの前まで移動してきた。

それら一連の様子を目にしたジョシュア師団長が、震えるようなため息をつく。

「はあ、信じられないな。たった数か月の間に、『四星』のうちの二星《にせい》に遭遇するなんて、悪い夢だと思いたいところだ。……サフィア、お前はどこから分かっていた？」

ジョシュア師団長に尋ねられた兄は、ひょいっと肩を竦めた。

「確信したのは、先ほどここで彼の姿を見た時だ。そうではないかと推測したのは、船の上で極楽鳥が私の肩に止まった時だ。言っただろう、あの鳥が特殊な魔力を記録していたと。およそ人が持つ魔力とは異なり、カドレアのそれと似通っていたからな」

「お前、それは船の上でほとんど分かっていたということじゃないか!!」

「うむ、だからこそ、『魔の★地帯《バルシュミースター》』に侵入した際、魔術が行使できなかったことを早々に受け入れて諦めたのだ。四星がらみの案件であれば、何が起こっても不思議はないと覚悟していたからな」

にやりと笑う兄を見て、ジョシュア師団長はがくりと肩を落とした。

2人の様子がいつも通りで、特に身構えているようには見えなかったため、シストが『四星』だとしても危険はないのかもしれないと、ふっと肩の力を抜く。

『四星』が人外の超越した存在であることは間違いないから、気を抜くのは早いかもしれないけれど、様々なことが一度に起こり過ぎたため、感覚が麻痺しているのかもしれない。

あるいは、シストが終始にこやかな様子なので、彼が安全な存在だという気持ちになっているのかもしれない。

けれど、シストが南星であるのならば、聖山で聖獣に魔物をけしかけたのは彼のはずだ。

だから、同じように突然攻撃的になるかもしれないと用心しながら、この島について疑問に思っていることを恐る恐るシストに尋ねる。

「あの、シスト、この島についてお尋ねしてもいいかしら？　島の周りを半分くらい回ったけれど、ものすごく急角度な場所があったりして、この島は自然にできないような特殊な形をしていたわ。星形とでも言うのかしら」

シストはおかしそうな笑い声を上げた。

「ふふふ、正確だ。この島は三角形を２つ組み合わせてできる星の形をしている。つまり、『魔の★地帯《バルシュミースター》』と同じ形をしているんだ」

「えっ、そうなのね！」

島を半周したところ、尖っている箇所が３か所あったので、星の形ではないかと推測していたけれど、どうやら当たっていたようだ。

「どうして『魔の★地帯《バルシュミースター》』と同じ形をしているのかしら？　そもそもここはどこなのかしら？」

疑問に思うまま独り言のようにつぶやくと、シストは目を細めて遠くを見つめた。

「この島はもう一つの『魔の★地帯《バルシュミースター》』だよ。と言うよりも、こちらはあちらの陰でしかないから、『陰の魔の★地帯《バルシュミースター》』と呼ぶべきか。いずれにせよ、あちらの『魔の★地帯《バルシュミースター》』とつながっているんだ」

「ここが『陰の魔の★地帯《バルシュミースター》』で、『魔の★地帯《バルシュミースター》』とつながっている場所？」

それは一体どういうことかしら、と首を傾げる。

シストは『分からないだろうね』とばかりに苦笑すると、補足してくれた。

「『魔の★地帯《バルシュミースター》』はこの世界にとって、とても大事な場所なんだ。だから、侵入者を防ぐために『陰の魔の★地帯《バルシュミースター》』とつながっている。僕は何としても『魔の★地帯《バルシュミースター》』侵入したいと思っているから、近くを通る船があれば、域内への侵入を試みているものの、今のところ全敗だ。に侵入しようとした船はすぐに、こちら側に飛ばされてしまうからね。『魔の★地帯《バルシュミースター》』周辺の海流は特殊で強力だから、どんな船もその中に侵入することはできないし、一定時間『魔の★地帯《バルシュミースター》』の境界付近で動けずにいると、自動的に『陰の魔の★地帯《バルシュミースター》』に飛ばされる仕組みになっているんだ」

「えっ、ということは、私たちの船もこの島に飛ばされたの？」

乗船者が『魔の★地帯《バルシュミースター》』の周りにある六つの島のいずれかに飛ばされる一方、船自体は必ず消息を絶ち、二度と戻ってこないとの話だった。

一体どこに消えているのだろうと疑問に思っていたけれど、この島に飛ばされていたということだろうか。

「ああ、島の南側を見てごらん。たくさんの船が座礁しているから。君たちの船も、その中にあるはずだよ」

南側はまだ回っていない場所だから、シストの言葉通り、私たちの船があるのかもしれない。

そのことは実際に南側に行ってみなければ確認できないけれど、一つだけはっきりした。

『僕は何としても『魔の★地帯《バルシュミースター》』に侵入したいと思っているから、近くを通る船があれば、域内への侵入を試みている』とのシストの言葉から分かるように、『魔の★地帯《バルシュミースター》』付近で発生した異常な天候は、シストの仕業だったのだ。

「シスト、一体何のためにこんなことをしているの？」

至極当然の質問をすると、シストは物分かりが悪い子を相手にするかのように微笑んだ。

「さっきも言っただろう。僕は『魔の★地帯《バルシュミースター》』に侵入したいんだよ」

それは一体どうしてかしらと疑問に思ったけれど、シストには答える気がないようでそっぽを向かれる。

まあ、こうなったら自分で考えるしかないのかしら、と答えを聞くことを諦めていると、兄がぽつりとつぶやいた。

「世界樹《ユグドラシル》の根か」

兄の言葉を拾ったシストが、ぎょっとしたように目を見開く。

「サフィア、君の頭の中は一体どうなっているんだ!?　ノーヒントでそんな推測が出るということは、何らかの確信があるんだよね。だとしたら、とぼけても無駄だから肯定するけど、代わりに教えてくれ。一体どうやってその答えを導き出したんだ？」

「私は本を読むことが好きなのだ。あるいは、不明なことをじっくりと考えることが。既読本の中に世界樹《ユグドラシル》について書かれた部分があったから、それらの情報をつなぎ合わせ、書かれていない部分を推測しただけだ」

にこやかに答える兄を、シストが睨みつける。

「君は面白いことを言うね。世界樹《ユグドラシル》について多くは知られていないから、情報をかき集めてつなぎ合わせたとしても、たいした情報量にはならないはずだ。少なくとも、そんな結論が出るほど多くの情報が収集できるはずがない。そもそも世界樹《ユグドラシル》について書かれた本は、限られた者しか読めないようにしまってあるはずだろう」

「ああ、全て禁書となっている。それらの本は国立図書館でしか目にすることはできないし、閲覧許可が下りるのは限られた者だけだ。ありがたいことに、私には人望と人脈があるから、読書に困ったことはない」

純真そうな笑みを浮かべた兄だったけれど、ことがことだけに黒い人望と人脈であることは間違いないだろう。

あまりいい答えではないわね、と顔をしかめていると、兄は何気ない様子でシストに質問をした。

「それで、世界樹《ユグドラシル》の根はいくつに分かれているのだ？」

「はあ、どうしてサフィアはそう詳しいんだ。それも先ほど言っていた、不明なことを考えて推測した結果なのか？　いや、君の頭の中を説明されても理解できる気がしないから、答えなくてもいいよ。君の推測通り、世界樹《ユグドラシル》の根は複数に分かれている。正確に言うと3本で、そのうちの1本があの閉鎖海域につながっているというわけだ」

疲れた様子で答えるシストとは対照的に、兄は楽しそうに腕を組んだ。

「興味深い話だな。それぞれの根がつかっている水場には、世界樹《ユグドラシル》が必要とする水が用意されているのだろうが、全世界に跨《また》がって根を張るというのは、世界樹《ユグドラシル》という名前に相応《ふさわ》しい雄々しさだ」

兄の表情を見て、この何でも面白がれる好奇心の強さが、色々な情報を入手する原動力になるのでしょうねと考えながら、以前、虹樹海で見た世界樹《ユグドラシル》の姿を思い浮かべる。

霧が深くて全体像を把握することはできなかったけれど、あの樹の根は3本に分かれていて、それぞれ異なった空間の水場につながっていたのだ。

恐らく、根の途中に転移陣のような仕組みが施されているのだろうな、と思いながらシストに質問する。

「『魔の★地帯《バルシュミースター》』は一体どんな海域なの？」

シストはぐうっと言葉に詰まった様子を見せたけれど、しばらくすると観念した様子で口を開いた。

「ただの人間に話すべき内容ではないが、君たちは突き抜けているから許されるかな。他言しないでほしいのだが、あの海域は『太古《たいこ》の海《うみ》』なんだ。だからこそ、今は失われてしまった生物が、未だに数多く生きている」

珍しく、兄が驚いたように目を見張る。

「それはまた、垂涎物《すいぜんもの》の話だな。太古とはどのくらいの昔のことだ？　かつて全ての生物は海から始まったと聞くが、……『はじまりの海』と言えるほどの太古なのか？」

兄の質問を聞いたシストはため息をついた。

「本当にサフィアの発想はキレ過ぎていて恐ろしいよね」

◇　◇　◇

シストは悩む様子で唇を噛み締めた後、諦めたように口を開いた。

「サフィアの予想通り、『魔の★地帯《バルシュミースター》』は『はじまりの海』そのものだ。だからこそ、『はじまりの生物』がいる。この世界が始まった頃を知っている生物がね」

兄はシストの言葉に頷くと、真剣な表情で彼を見つめた。

「それで、シスト、君は何をしたいのだ？　四星であれば、そのような太古の生物をリスペクトし、血生臭いことはしないだろう。ということは、その生物の記憶を読み取って解析し、世界に何らかの働きかけを行うつもりか？」

「はあ、サフィアはちょっとおかしいよね。頭がいいのは分かっていたが、ノータイムでそのような可能性を思いつくなんて異常だよ」

「これくらい普通だろう。ジョシュア師団長であれば……」

「私はそのような発想は浮かばない!!」

3度目のセリフともなると慣れたもののようで、兄が言葉を言い切る前にジョシュア師団長が否定の言葉を被せてきた。

というか、真面目な話の途中で冗談を口にするなんて、お兄様は余裕があるわよね。

あるいは、内容が真剣なものになってきたので、敢えて茶々をいれてみたのかもしれないけど、お兄様は真意を覗かせないので、どういうつもりなのかがよく分からないわ。

「……そうか」

面白そうに相槌を打つ兄を尻目に、シストが淡々と言葉を続けた。

「サフィアの発想通りのことをやるにしても、あくまで最終手段だよ。まずはあの場所の水を解析して、世界樹《ユグドラシル》に効く成分を見つけ出すつもりだからね」

シストの言葉から、彼が世界樹《ユグドラシル》を守ろうとしていることを理解する。

そう言えば、カドレアが『四星』は世界樹《ユグドラシル》を守るためにいるのだと言っていたから、シストは忠実に自分の役割を果たそうとしているのだろう。

「僕は世界樹《ユグドラシル》を守るためにいるんだ。君たちは知らないだろうが、世界樹《ユグドラシル》はしばらく前から力を失っている。だから、何とか元気にする方法を探しているんだよ」

実のところ、ここにいる4人のうちアレクシスを除く3人は、虹樹海で世界樹《ユグドラシル》を見たことがあるのだけれど、シストはそのことを知らない様子だ。

四星はそれぞれ分かれて行動している、とカドレアが言っていたから、情報を共有することもないのだろう。

「『太古の海』は世界樹《ユグドラシル》が芽生えた時に存在していた海そのものだ。世界樹《ユグドラシル》が若木となり、ぐんぐん成長した時期の環境と全く同じなのだ。だから、あの海にはきっと、世界樹《ユグドラシル》を元気にする秘密が眠っているはずだ」

それは非常に興味深い話だった。

確かに、世界樹《ユグドラシル》がぐんぐん成長できたということは、当時の環境が――――『太古の海』を始めとして、その他2本の根が根差す水場及び幹や葉が生い茂っている場所の環境が、世界樹《ユグドラシル》に適していたということだろう。

しかし、環境は時とともに変化していくから、世界樹《ユグドラシル》が枯れ始めたということは、それらの場所のうちのどこかの環境が合わなくなってきているのだ。

そうであれば、不変である『太古の海』に侵入して、その海水を解析したいところだけれど、システはその『太古の海』である『魔の★地帯《バルシュミースター》』に侵入する方法を見つけられないでいるのだ。

できれば少しでもお手伝いしたいところだけれど、話が大き過ぎて、何ができるのかも分からない。

「いつの日か、『魔の★地帯《バルシュミースター》』に侵入できるようになればいいわね。ところで、一つお尋ねしてもいいかしら？　基本的に船に乗っていた人々は、『魔の★地帯《バルシュミースター》』の周りにある六つの島のいずれかに弾き飛ばされると聞いたわ。それなのに、どうして私たち4人は、この『陰の魔の★地帯《バルシュミースター》』に飛ばされたのかしら？」

多分、私たちがこの島にいることはシストが関係しているのだろうけれど、正直に話してくれるかどうかは分からない。

そう思って、一般的な質問の形を取ったのだけれど、シストにとって隠す話ではなかったようで、あっさり説明を始めた。

「ああ、それは不可抗力だ。僕には人を呼ぶつもりは一切ないが、どうやら一定の条件に当てはまる者が、僕の能力に引き寄せられて、この島に飛ばされてくるみたいなんだ。詳しく言うと、『過去に悔やむ者』が望みを叶えたくて、吸い寄せられてくるんだよ」

シストはそう言うと、アレクシスを意味あり気に見つめた。

先ほどシストは、『過去に戻りたいという強い思いを持っているから、アレクシスの体が幼いものに変化した』と言っていた。

そのことを仄《ほの》めかしているのかしらと考えていると、シストは綺麗な笑みを浮かべ、正にそのことを話題にした。

「しかし、その悔やむべき過去に合わせて、自身の年齢を変化させた者は初めて見たよ。よほど思いが強いか、魔力が強いかのどちらかだろうね」

シストの言葉に思い当たることがあるのか、アレクシスはぎゅっとこぶしを握り締める。

唇を噛み締めるアレクシスに向かって、シストが何事かを発言しようとしたところで、ジョシュア師団長が反意を示した。

「アレクシスが呼ばれた理由は分かったが、私には当てはまらないな。以前であれば、悔やむべき過去はあったが、現在は解決しているから、私に一切の後悔は残っていないからな」

シストが『そうなのか』とでも言うかのように、不思議そうに首を傾げる。

すると、兄も言葉を差し挟んできた。

「やあ、私も過去は一切悔やまない主義だから、呼ばれた理由が不明だな」

そうでしょうね。お兄様は過去を悔やむタイプではないわよね。

納得して頷いていると、シストが心許ない様子で口を開いた。

「だとしたら、『魔の★地帯《バルシュミースター》に呼ばれた者』の守護者《ガーディアン》として、この島に来たのかな？　『魔の★地帯《バルシュミースター》に呼ばれた者』と離れがたく思って、一緒に飛ばされてきたのかもしれない。そんな例はこれまでないから、よっぽど『魔の★地帯《バルシュミースター》に呼ばれた者』に執着していて、さらに守護者《ガーディアン》の魔力がものすごく高いのだろうが」

「なるほど、そちらの説明であれば納得できるな」

「ああ」

ジョシュア師団長と兄が納得した様子で頷く。

シストはそんな2人を意外に思ったようで、からかいの言葉を口にした。

「おやおや、君たちにそれほど大切なものがあったとは意外だね。初対面だからよく知りはしないが、出来のいい者ほど他者に執着しない傾向にあるから、君たちもそうだと思っていた。自分一人で何だって完結できるから、他者と関わる時間を無駄だと感じるだろうとね」

そう言いながらちらりと私を見てきたので、どうやら2人はアレクシスでなく私にくっついてきた、とシストは考えているらしい。

いやいや、私にそこまでの影響力はないし、私自身が呼ばれたのだとしたら、『過去に悔やむ者』だということになるし……と考えたところで、昨日、ジョシュア師団長とアレクシスの2人が、『私が違う姿に見えた』と言っていたことを思い出す。

あれ、ということは、私も過去を悔やんでいて、……たとえば悪役令嬢だった過去を恥じていて、違うキャラクターになりたいと姿を変えようとしたのかしら。

ううーん、確かに悪役令嬢ルチアーナだった時の言動の全てが黒歴史で、できるものならなかったことにしたいけど。

というか、シストは『彼の能力』に引き寄せられたと言っていたけど、それは一体何なのかしら。

『東星《ひがしぼし》』であるカドレアは命を操ることができたけれど、同じようにシストも何らかの特殊能力を持っているのかしら？

「シスト、あなたの能力って何なの？」

ずばり聞いてみると、彼は驚いたように目を丸くした。

「ルチアーナはすごいね。僕が何者かが分かった後でも、そんな風にずばずばと質問してくる者は初めてだよ。まあ、この場にいる全員にその傾向があるようだけど」

シストはそう言うと、考えるかのように目を細めた。

「話の腰を折るものじゃないと思って聞き流していたが、ここにいるほとんどの者がカドレアと知り合いのようじゃないか。あの星は気まぐれに多くの者と関わり合いになるから、そんな偶然があるのかもしれないが……最近、あの星はらしくない行動を取り出したから、不思議に思っていたところなんだ」

それはもしかして、カドレアが私のことを『世界樹《ユグドラシル》の魔法使い』だと考え始めた以降の行動のことかしら。

今のところシストは、私が誰なのか分かっていない様子なので、知らない振りで押し通そうと笑みを浮かべる。

「カドレアはいつだって気まぐれだわ」

「もちろんそうだが、聖山で……これはあまり視覚が発達していない魔物を使役した僕も悪かったのだが、カドレアが現れて、僕とつながっていた魔物の視覚と聴覚を一部遮断したのだ。あの時に、カドレアはあの場にいる何か、もしくは誰かを僕から隠そうとしているのじゃないかと感じたのだ」

「そうか、私はその場にいなかったから、真偽のほどは分からないな。カドレア本人に尋ねてみるのが確実だろう」

私が答えるよりも早く、さらりと答えた兄を見て、あっ、シストは私たちから何らかの情報を引き出そうとしているのだわと気付く。

危ない、危ない。あまりにもさり気なく聖山の話をされたし、カドレアと知り合いであることはバレているから、構わないわよねと正直に答えるところだったわ。

そうよね、お兄様のように知らない振りをするのが正解よね。

というか、実際にお兄様は聖山で魔物と戦った時にいなかったから、お兄様が答える限り嘘にならないことだし。

よし、ここはお兄様に任せて黙っていることにしよう。

そう考えて口を噤む私の前で、兄は腕を組んだ。

「さて、君の話によると、私たちが乗ってきた船はこの島の南側にあるらしい。その船に乗ってこの島を離れれば、その途端に私たちの船は『魔の★地帯《バルシュミースター》』の外の区域に転移すると考えていいのだな？」

兄の質問に対しシストが頷く。

「ご名答だ」

続けて、兄の隣にいたジョシュア師団長が質問をした。

「その際、アレクシスの姿はどうなる？　20年ほど若返っているが、元に戻るのか？」

「この島には私の魔力が充満しているから、その影響を受けて体が変化しているのだろう。この島から離れれば元に戻るはずだ」

シストはそう答えると、にこりと微笑んだ。

「だが、君たちがこの島を去る前に、ルチアーナの質問に答えておこう。僕の能力は何か、という質問にね。答えは……『時間の制御』だよ」

「時間の制御？」

ジョシュア師団長が聞き返すと、シストは綺麗な笑みを浮かべる。

「カドレアが失った命を取り戻せるように、僕は過去を取り戻せる。もう一度好きな年齢に戻って、人生をやり直せるんだ。……1週間という期限付きではあるがね」

「それはどういうことかしら？」

時間の制御自体があり得ない話なので、シストの発言内容が理解できずに聞き返す。

すると、シストは丁寧に説明してくれた。

「僕は契約相手を、過去の望む日時に送り届けることができるんだ。過去に戻った者は1週間の間、過去の本人の体に入り込み、行動と思考を自由にすることができる。だから、『あの時ああしていれば』と、明確にやり直したい過去を持っている者は、僕と契約するというわけだ」

「もしも1週間の期限内に、過去の世界から戻ってこなかった場合はどうなる？」

ジョシュア師団長の質問にシストは笑顔で答える。

「その場合は、二度と過去から戻ってこられなくなるね」

さらりと告げられた言葉は、とても恐ろしいものだった。

ぶるりと震えていると、ジョシュア師団長が感情を滲《にじ》ませない声で質問を重ねる。

「『魔の★地帯に呼ばれた者《バルシュミースター》』は全員行方不明になっており、これまで誰一人として戻ってくることはなかった。それは、全員が過去から戻ってこなかったということなのか？」

シストはにやりとした笑みを浮かべた。

「よく学習しているね。彼らが行くのはものすごく後悔していて、犠牲を払ってでもやり直したいと思う過去だからね。過去を変えられたにせよ、変えられないにせよ、とても居心地が良くて、現在には戻りたくないと思うのかもしれない。だから、確かに期限内に過去から戻ってきた者は誰一人としていないな」

「それは」

思わず声が出る。

現在の世界にも彼らを待っている人はいるはずだ。

だから、ある日突然いなくなり、二度と戻ってこなかったとしたら、悲しむ者が出るだろう。

シストはそれを分かっていながら、契約者を過去に送り出しているのだ。

彼は『善き星』と呼ばれているけど、実際は悪い星じゃないかしらと考えていると、シストはとても美しい笑みを浮かべた。

「僕は『善き星』だからね。皆の望みを叶えてあげているのさ」

なぜだかシストの美しい笑みが、とても悪いものに見える。

シストはいいことをしていると言わんばかりだけれど、帰ってこないと分かっている者を送ることは、止めるべきじゃないかしら。

そう思って返事ができないでいると、それまで黙っていたアレクシスが口を開いた。

「君との契約はどうすれば結べる？」

はっとして振り返ると、アレクシスは何事かを決意した表情を浮かべていた。

「私はどうしても10歳の誕生日に戻りたいんだ！」

49 アレクシスの後悔

皆が見つめる中、アレクシスは苦し気な表情で言葉を続けた。

「私はずっと自分の過去を後悔してきた。両親が修復不可能なまでに不仲になったのは私のせいだからだ。もしも時を戻せるのであれば、19年前に戻ってやり直したいと長い間考えてきた。だからきっと……戻りたい過去に合わせて体が若返ったのだとしたら、今の私は10歳のはずだ」

アレクシスがきっぱりと自分の年齢を断定できたということは、20年近く前の出来事をはっきり覚えているということだ。

そんな私の推測を肯定するかのように、アレクシスは顔を歪めると、ぎゅっとこぶしを握り締めながら口を開いた。

「私は20年近く経った今でも、あの時の発言を後悔し続けている」

それはとても大変なことだった。

後悔という負の感情を長年持ち続けていることは、アレクシスにとってどれほどの負担だろう。

さらに、今後もずっと、後悔の気持ちを持ち続けなければならないとしたら。

もしも過去に戻ってやり直せるチャンスがあるとしたら、アレクシスがやり直したいと望むのは当然のことだろう。

「ふふふ、契約には対価が必要だよ」

シストが楽しそうな笑い声を上げる。

ああ、シストもカドレアのように、相手が一番弱っている時に付け込んで、とんでもない対価を要求するつもりかしら。

そう心配する私の前で、シストはにこりと微笑んだ。

「だが、僕は『善き星』だからね。『悪しき星《あ　ほし》』のように無理難題は言わないよ。僕が君を過去に送る対価は、『1週間後に必ずこの場所に戻ってくる』という君との約束にしよう」

「えっ、それは……」

それこそが無理難題ではないのかしら。

これまで誰一人として、過去から戻ってきた者はいないのだから。

両手をぎゅっと握りしめる私の前で、アレクシスが詳細を尋ねる。

「もしも私がその約束を破ったらどうなる？」

「そうしたら、契約不履行のペナルティとして、君に与えた1週間が消えてなくなることになる。つまり、君が1週間尽力して、書き換えた過去が消えてなくなるということだ。なあに、その場合はもう一度、今と同じ過去を繰り返せばいいだけだ」

それはとても恐ろしいことだった。

悔いていた過去を正すことができ、この過去であれば幸せになれるとその場に残れば、正した過去をなかったものにされ、もう一度不幸な人生を繰り返さなければならなくなるのだから。

しかも、それは過去の時間軸で行われるため、現在においてアレクシスは失われてしまうのだ。

「アレクシス……」

彼を止めようと手を伸ばしたけれど、私の手が届く前に彼はきっぱりと宣言した。

「それでいい！　私と契約を結んでくれ」

「アレクシス！」

驚いて名前を呼んだけれど、アレクシスは強張った表情で私を見ると謝罪してきた。

「ごめんね、ルチアーナ。君が私を心配してくれる気持ちは伝わってくるが、私は行かなければならないんだ。私の不手際で両親の不和を引き起こしたのだから、私の手で解決しなければならないから」

アレクシスはきっぱりそう言うと、ジョシュア師団長に視線を移す。

「ジョシュア師団長、悪いがこれから1週間、この島で私を待っていてくれないか。私は必ず戻ってくると約束する。もしも約束を破った場合は、私を置いてこの島を出ていってくれて構わないから」

ジョシュア師団長は無言でアレクシスを見つめた後、確認するかのように兄を振り返った。

兄が首を横に振ると、師団長はもう一度アレクシスを見つめて重々しく拒絶する。

「駄目だ」

「ジョシュア師団長！」

絶望的な声を上げるアレクシスに、ジョシュア師団長は言葉を続けた。

「ここで君を待つことはできない。私たちも同じ契約をして、君の過去に同行するからな」

「は？」

ぽかんと口を開くアレクシスの背中を、ジョシュア師団長がばしりと叩く。

続けて、大股で近付いてきた兄が、アレクシスの頭をくしゃりとかき回した。

「アレクシスは未成年だから、ジョシュア師団長という立派な保護者が必要だということだ。そして、私の妹には私という保護者がな」

「えっ、私も連れていってもらえるんですか？」

びっくりして質問すると、兄から当然だとばかりに頷かれる。

「いくら人外の存在とはいえ、お前を初対面の男性と2人きりにするわけにはいかないからな」

シストがおかしそうに指を振った。

「僕は紳士だよ」

「我が妹は極上の男性を次々と虜《とりこ》にする傾国だからな。立派な紳士ですらおかしくなる場合があるのだ」

システが紳士であることは否定せず、けれど、自分の主張も曲げない兄を見て、システがくすくすと笑い出した。

「へー、そうなんだね」

おかしなことを聞いたとばかりに笑い続けるシストは、私よりも遥かに美しかったため、いたたまれない気持ちになる。

「お、お兄様、止めてください！　そんな可能性はゼロですから。で、でも、連れていってもらえるのならば、私も一緒に行きたいです」

私たちの会話を黙って聞いていたアレクシスだったけれど、恐る恐るといった様子で掠《かす》れた声を出した。

「……本気なのか？　過去の世界にどれほどの危険があるか分からないし、今の世界に戻ってこられないかもしれないのに、付いてきてくれるのか？」

ジョシュア師団長はしかつめらしい表情をして、アレクシスの額を指で突く。

「もちろん付いていくが、その考えは駄目だな。初めから戻ってくることを不安視しているようではいただけない」

続けて兄がぱちりとウィンクした。

「だから、私たちが付いていくのさ。私たちはこの世界に愛着も未練もあるから、必ず戻ってくる。アレクシスが残りたいと言い出した場合の、強制送還要員だと思ってくれ」

アレクシスはぶるぶると体を震わせながら私たちを見つめていたけれど、すぐにがばりと頭を下げた。

「ジョシュア師団長、サフィア、ルチアーナ、ありがとう！　君たちが一緒に来てくれるのならば、とても心強い」

アレクシスはとても深く頭を下げたので、彼の感謝の深さがダイレクトに伝わってきた。

それから、何としても過去を変えたいという強い気持ちが。

私は大きく頷くと、アレクシスの過去を変えるお手伝いを全力でしよう、と決意したのだった。

◇　◇　◇

両手を握りしめて気合を入れていると、兄がシストに向かって質問をした。

「ところで、29歳のアレクシスが10歳に戻るというのは、19年の時を遡るということだ。19年前の私は0歳で、ルチアーナは生まれてもいない。だから、私たち兄妹に関しては19歳若返ることなく、このままの姿で送ってもらえると助かるのだが、可能かな？」

シストはじろりと兄を見やる。

「……可能だと推測できているから、そんなことを聞いてくるのだろう。ああ、僕は至高なる『四星』だから、もちろん可能だよ。ただし、制約がつくけどね。……何だか分かる？」

　シストは好奇心で最後の一言を付け足したようだ。

　それが分かっているのか、兄はおかしそうに唇の端を上げる。

「恐らく、『過去世界の自分自身と会ってはいけない』、それから、『過去を変える一切の行動をしてはいけない』といったところか？　理由は『過去世界の自分とは別人として送り込まれるから、あちら側に存在している者とは見なされないから』だろうか」

「ご名答。はあ、ほんと、優秀過ぎて嫌になるね」

　シストはため息をつくと、続けて制約を破った際のペナルティを説明した。

「二つの制約のうちどちらか一つでも破った場合は、強制的にこちらに呼び戻すから、用心してね」

「分かった」

　兄が頷くと、シストは顔を上げ、確認するかのようにジョシュア師団長に視線を定めた。

　それだけで師団長にはシストの言いたことが分かったようで、腕を組んで考え始める。

「なるほど、私には選択の余地があるということだな。制約付きで27歳のまま行くか、制約なしで8歳の姿になっていくか。……当然、8歳だな！」

　即断したジョシュア師団長を見て、優柔不断な私は感心する。

「すぐに決められるなんてすごいですね」

　というか、8歳のジョシュア師団長はどのような姿をしているのかしら。

　美青年はやっぱり美少年から形成されるのかしら、と不純な思いが心の中に浮かぶ。

もちろん私は賢者だから口に出さないけど。

シストは私たちを横一列に並ばせると、過去世界に送るための契約を始めた。

「これは簡単な契約だから、君たちの家紋を預かるような大掛かりなものではないからね！」

シストがしつこいほど何度も、念を押してくる。

どうしたのかしらと思ったけれど、シストはちらちらと兄を見ていたので、どうやらカドレアのように兄から紋を奪われることを恐れているようだ。

契約完了後、契約内容を紋の形にしてそれぞれの手首に付けられた私たちは、さらに青い石を一人一つずつ手渡される。

「過去世界に滞在できるデッドラインは1週間だ。それより前であれば、いつだってこちらの世界に戻ってくることができる。戻りたくなった場合は、その石を割るんだ。そうしたら、僕の力が発動するから」

「分かった。それではよろしく頼む」

アレクシスの言葉を聞いたシストはおもむろに両手を上げると、呪文をつぶやき始める。

彼が呪文を唱え終わった瞬間、――――私たちは真っ暗な闇の中に投げ出されたのだった。

◇　◇　◇

はっとして目を開くと、見たことがない煌《きら》びやかな部屋の中にいた。

状況を把握しようと周りを見回すと、兄が大きなぬいぐるみを抱えてソファに座っているのが見える。

「はい？」

どういう状況かしらと目を見開くと、兄のとなりにアレクシスが座っているのが見えた——可愛らしいびらびらのワンピースを着て、小さなぬいぐるみを膝に抱いて。

「はいいっ、一体どういう状況かしら⁇」

なるほど、人は理解できない状況に陥った時、思ったことを全て口に出してしまう生き物らしい。

よく見ると、アレクシスは死んだ魚の目をして、正面をみつめている。

一体どうしたのかしら、と思いながらそろりと2人が座るソファの前に進み出ると、兄が視線だけを動かしてきた。

「やあ、ルチアーナ。どうやら私とお前は19年前のアレクシスがいた場所に、彼とともに飛ばされたようだな。恐らく、ジョシュア師団長は19年前に彼がいた場所に飛ばされたのだろう。師団長は時間を無駄にするタイプではないから、間もなくこの場所に駆け付けてくるはずだ」

「そうなんですね」

兄と私とジョシュア師団長が置かれている状況はよく分かった。

分からないのは、アレクシスが置かれている状況だ。

なぜ彼は女性用のワンピースを着用して、ぬいぐるみを抱いているのだろうか。

じっと見つめていると、彼は「はっ！」と大きな声を出して身震いした。

同時に、体に魂が吹き込まれたかのように頬に赤みが差す。

もしかしたら過去世界の体の中に入り込む場合はタイムラグが発生し、たった今、現実世界のアレクシスが十歳児の中に入り込むことに成功したのだろうか。

アレクシスはきょろきょろと周りを見回していたけれど、その際、鏡に映った自分の格好に気付いたようで、ぬいぐるみを放り投げるとソファの上に突っ伏した。

「うあああ、見ないでくれ！　私を哀れに思うのなら、どうか見なかったことにしてくれ!!　私の母は娘がほしかったんだ。しかし、生まれたのは私一人だったから、月に一度、母のためにドレスを着てお茶会をする日が幼い頃にはあったんだ」

「まあ、それはお母様想いね」

女性物を着せられたアレクシスは、いたくプライドが傷付いているようだけれど、色が白いし顔立ちが華やかなので、ワンピース姿がよく似合っている。

「慰めるわけじゃないけど、とってもよく似合っているわ。間違いなく10歳の頃の私よりも可愛いわよ」

「事実だとしても、これっぽっちも嬉しくないね！　ルチアーナ、そこは嘘でも『全然似合っていない！』と言うところだよ」

男心は難しいわね。

顔をしかめていると、アレクシスの隣に座っていた兄が、アレクシスに向かって大きな熊のぬいぐるみを差し出した。

「アレクシス、大事にしているぬいぐるみを投げるものではない。ほら、君が抱いていた仔熊のぬいぐるみの母親だ」

兄の言葉を聞いて、アレクシスは罪のない小さなぬいぐるみを投げたことを反省したらしく、顔を曇らせた。

しかし、10歳の男子として大きなぬいぐるみを抱きたくもないようで……引きつった顔で動作を停止させる。

私は見ていられない気持ちになり、窓の外を眺めた。

「あら、いい天気ね。というか、すごく暑いわね」

すると、アレクシスがどうでもいい天気の話に食いついてきた。

きっと、何でもいいから話題を変えたかったのだろう。

「ああ、いい天気だな！　そして、暑いのは当然だ。私の望み通りの過去に戻ったのならば、今は8月のはずだからな」

「8月！　シストの力は常識知らずね」

現実世界は11月末だったのだから。

明らかに季節が変わったことで、全く異なる過去の世界に来たことを改めて実感する。

自分で体験することで、シストの力がいかにすごいものかということが、まざまざと分かるわね。

過去の世界に戻ってこられるなんて、とんでもないことだもの。

今さらながらシストの力の大きさに動揺したため、まずは落ち着こうと、テーブルの上に置いてあったティーセットで紅茶を淹《い》れる。

兄とアレクシスと3人で紅茶を飲んでいると、ノックの後に執事らしき男性が入ってきた。

執事は兄と私を見て、驚いたように目を見張る。

その姿を見て、そうよね、驚くのは当然よね、と執事に同情した。

執事が知らない間に、2人もの見知らぬ人間が侯爵家嫡子の部屋に入り込み、嫡子とともにのんびりと紅茶を飲んでいるのだから、一体何が起こったのだろうと、侯爵家の管理者としては思うはずだ。

動揺する執事とは対照的に、アレクシスは落ち着いた様子で片手を上げた。

「この2人は私の友人だ。それから、もう一人ウィステリア公爵家の嫡男が私を訪ねてくる予定になっている。3人とも1週間ほどこの家に滞在するから、客室を3つ用意してくれ」

自分より幼い主人が落ち着き払っている姿を見たことで冷静になったのか、執事は無表情に戻ると頷き、脇に寄って後ろにいた人物を通した。

「アレクシス様、ただ今お話しいただきましたウィステリア公爵家のジョシュア様が訪ねていらっしゃいました」

早いわねと驚いたけれど、次の瞬間、さらなる驚きで目が真ん丸になる。

驚愕のあまり言葉を失っていると、執事は扉を閉めてさっさと退出していった。

それでもまだ身動きすることができず、呆然と藤色の髪の少年を見下ろしていると、彼は落ち着いた様子で口を開いた。

「待たせたな」

発せられた声が普段のジョシュア師団長のものとは異なり、少年特有の高い声だったため、衝撃で立っていられなくなった私は、アレクシスの隣に座り込む。

ななな、何なのかしら、この麗しの姿は!!

「わあああ、美少女が2人!!」

いや、ジョシュア少年はきっちりと少年用の服を着用しているのだけれど、美し過ぎて美少年にも美少女にも見える。

肩までの藤色の髪に完璧に整った造作が相まって、『男装をした美少女』というのが一番しっくりくる表現だった。

「ぐはあ、これは男性も女性も等しく陥落させる魔性の美貌だわ！」

さすが魅了の公爵家、持って生まれたものが違い過ぎる。

そして、美青年は美少年から作られることを、私はここで確認したわ。

大興奮している私を前に、ジョシュア少年は何とも言えない表情を浮かべると、「あー、ご令嬢、少し落ち着いてくれ」と困ったような声を出した。

その声を聞いたことで、はっと冷静さが戻ってくる。

「し、失礼しました！　常識の範囲内でおかしくなっていただけなので、見逃してください」

自分の発言ではあるものの、『常識の範囲内でおかしくなるって何よ!?』と発言内容に頭を抱えたくなったけれど、優しいジョシュア少年は理解した様子で頷いてくれた。

「そうか、常識の範囲内であれば問題ないな」

ううう、少年に戻っても、ジョシュア師団長は大人で優しいわ。

そんなジョシュア少年の心遣いに便乗して、私はこくこくと頷いたのだった。

◇　◇　◇

「それでは、作戦会議をするとしよう」

全員が揃い、今後の方針を話し合うことになった私たちは、テーブルを囲む形で椅子に座った。

残念なことに、ジョシュア少年の冷ややかな視線を受けて心が折れたアレクシスが、「少しだけ待ってくれ！」と少年用の服に着替えてしまったけれど、まあいいわと目の前に座る２人の美少年を見やる。

アレクシスとジョシュア少年の2人が、きっちりと少年用の服を着ている姿はたとえようもないほど可愛かったからだ。

ううーん、成人した美形の兄に美少年2人って構成がたまらないわね。

「ルチアーナ？」

にやにやとしていたところ、兄から不審気に名前を呼ばれる。

いけない、呆けていたわ！　子どもになったジョシュア少年とアレクシスは反則的に可愛らしいから、気を引き締めておかないと無意識のうちに虜になってしまうわね。

「失礼しました、何でもありません」

きりりと表情を引き締めながらアレクシスに発言を促すと、彼は私たちに向かってぺこりと頭を下げた。

「改めて、こんな過去の世界まで来てくれて感謝する。現実の世界でも述べたが、両親が不仲になった原因は10歳の私だ。そして、私はそのことをずっと後悔してきた。だから、過去を正すことができ、現在の状況を改善できるならばと、シストが示したチャンスに飛びついた。我が家の恥になることでもあるが、まずはカンナ侯爵家の実情を聞いてほしい」

私たちの全員が頷くと、アレクシスはほっとした表情を見せた。

けれど、なかなか説明しづらい話のようで、手許に視線を落としたまま、口を開きがたい様子を見せる。

しばらく待っていると、アレクシスの腹が決まったようで、彼は視線を落としたままぽつりぽつりと語り始めた。

「明日で私は10歳になる。つまり、両親が結婚して11年が経過したことになるが、この頃のカンナ侯爵家はそれなりの平和が保たれていた。父にも母にも恋人がいると噂されていたが、実際に目にしたことはなかったし、両親は互いに相手を尊重し合っていたからな。そして、私のことも慈しんでくれた」

ジョシュア少年が言いにくそうに口を開く。

「アレクシス、君は慈しまれたと言うが、……この頃の時期に、親子の茶会で君とカンナ侯爵夫人が一緒のところを目にしたことがある。そして、私の目には、夫人が君に触れることを恐れているように見えた。私の勘違いかもしれないが」

アレクシスは苦笑した。

「いや、君の観察眼は正しいよ。母が私に触れることはない。父もだ。しかし、2人は私に『愛している』との言葉はくれていた……明日の誕生会で、私が不用意な一言を言うまでは。他の者には不足しているように見えるかもしれないが、これが両親の精一杯だ。現実世界において、2人とも私と顔を合わせようとすらしないのだから、たとえ触れてもらえないとしても、優しい言葉をかけられるこの頃の生活は、今思えば美しい夢のようなものだった」

「……そうか」

ジョシュア少年はアレクシスの説明を受け入れる様子で頷いた。

思えばジョシュア師団長が生まれたウィステリア公爵家も複雑で、彼は母親から歪《いびつ》な愛情を向けられていたはずだ。

公爵夫人は長男であるジョシュア師団長と、次男であるオーバン副館長を心から慈しんでいたものの、末子であるダリルが生まれた途端に魅了の魔術にかけられてしまい、末息子しか目に入らなくなったのだから。

けれど、この過去世界において、ダリルはまだ生まれていないから、母親はジョシュア少年に純粋な愛情を向けているはずだ。

そうであれば、ジョシュア少年はすぐにでも公爵邸に戻って、母親に甘えたいのじゃないかしら。

そう思ったけれど、先ほど彼がまさにその公爵邸から、ものすごい速さでこのカンナ侯爵邸に駆け付けてくれたことを思い出す。

そうだったわ、ジョシュア師団長は自分の楽しみや幸せよりも、他人のそれらを優先する優しい方だったわ。

彼の思いやりの深さにじんとしていると、隣からアレクシスの声が響いた。

「……私はカンナ侯爵家の平和が壊れた瞬間を覚えている。明日の私の誕生日だ」

彼の発言内容が核心に触れるものだったため、はっとしてアレクシスに視線をやる。

私が見つめる中、彼は気丈さを装うと、淡々とした調子で言葉を続けた。

「私の前で、両親は互いに相手を思いやる様子を見せていたから、あの頃の私は2人は仲がいいのだと本気で思っていた。だから、親子3人の誕生会の席で、私は父に言ったのだ。『父上は母上がお好きでしょう？』と、笑いながら。そうしたら、父は突然顔色を変え、席を立って出ていってしまった。翌日からだ、父が堂々と恋人を公の場に連れ出すようになったのは」

アレクシスは当時のことを思い出したのか、苦しそうに顔を歪める。

「なぜ私は余計な一言を言ってしまったのだろう。父が激高した理由は分からないが、恐らく、あまりにも現実が見えていなかった私に、父は腹立たしさを覚えたのだろう。そして、現実を見せる時期だと思ったのかもしれない」

苦悩する様子のアレクシスを見て、私までもが苦しい気持ちになり、思わず彼を抱きしめた。

「アレクシスは間違っていないわ！　両親に仲良くしてほしいと子どもが願うのは当然のことよ。あなたは両親の仲睦まじい姿を見て、嬉しくて口に出しただけなのだから、何も悪いことはしていないわ！」

「しかし、父は」

「カンナ侯爵は奥様に対する恋心を言い当てられて、恥ずかしかったのよ。だから、誤魔化そうとして、知り合いの女性たちを一緒に連れ出すようになったんだわ」

ゲームのストーリーを知っている私は、自分の発言内容が事実だと知っているから、さも真実のように語ったけれど、そのことを知らない兄とジョシュア少年は考えるような表情を浮かべた。

「その可能性はもちろんある。同じように、恋愛に夢を見ている我が妹の、夢見がちな想像の可能性もあるな」

兄がバランスのいい答えを返すと、ジョシュア少年も曖昧な意見を述べる。

「ああ、ルチアーナ嬢であれば二心なく、ずっと一人の相手を思い続けるのだろうが、全ての者がそうとは限らない。カンナ侯爵の人となりが不明な以上、はっきりしたことは分からないな」

恐らく兄とジョシュア少年は、アレクシスが私の言葉に夢を見た後に、父親が不貞を働いていることを知ったら衝撃を受けるだろうと考えて、夢を見せることを止めようとしているのだろう。

そのことは分かっていたけれど、私は感情に任せてアレクシスに言い募る。

「アレクシス、あなたの発言内容が正しかろうが間違っていようが、あなたは悪くないからね！それだけは覚えていてちょうだい!!」

アレクシスは明日で10歳になる。前世の慣習に照らし合わせて考えるならば、まだ小学生だ。

小学生は色々と間違えるものだし、たとえ間違えた場合でも、人生を懸けて責任を取らせられることはないはずだ。

「家族に対して思ったことを、しかも好きだとか大事だとか、ポジティブな感情を口にすることは、何一つ間違ってないから!!」

拗れに拗れまくっているけれど、カンナ侯爵夫妻は相思相愛だ。

しかし、結婚して11年も経つのに、２人とも自分の片思いだと思い込んでおり、今あるものを壊したくなくてそれ以上踏み込まないため、曖昧な状態が継続しているのだ。

自分に対する相手の好意に自信がないからこそ、簡単に誤解してこんがらがっていく。

そんなカンナ侯爵が誕生会で激高した理由は分かっている。

侯爵はアレクシスの誕生日の前日に――つまり今日、侯爵夫人と彼女が支援している音楽家の会話を盗み聞いて、夫人が音楽家を愛していると誤解するのだ。

そして、盗み聞いた内容から自分だけの片思いだと確信し、そんな夫人一筋の気持ちを息子に知られていると思って、耐えられなくなるのだ。

『父上は母上がお好きでしょう？』というアレクシスの無邪気な一言は、事実だからこそ侯爵の胸を深く抉《えぐ》ったのだから。

そのため、アレクシスのような子どもですら侯爵の恋心を知っているのであれば、大人たちは皆知っているに違いない、盾を用意して風よけにしないととても耐えられない、と侯爵は考えてしまった。

加えて、これが侯爵の片恋で、夫人は別の恋人を想っている事実が世間に広まったら、侯爵自身の面目が保てないと思ったため、先んじて噂を作ろうとも考えたのだ。

そのせいで、この後19年もの間、この家がぐちゃぐちゃになることなど考えもせずに。

そこまで思考したところで、私は突然思い当たることがあり、はっとして太陽の位置を確認した。

たった今考えたように、カンナ侯爵夫妻の不和の原因が発生するのは、明日のアレクシスの誕生会ではなく今日だ。

アレクシスの一言が引き金になったとはいえ、カンナ侯爵が侯爵夫人の会話を盗み聞きして誤解することがなければ、そもそも侯爵はアレクシスの言葉に怒ることもなかったのだから。

ゲームの中で、カンナ侯爵が夫人の言葉を盗み聞いた場所や時間は示されていなかったけれど、明るい時間帯だったことは間違いない。

あのシーンをなかったことにできるのならば、それが一番だわと思った私は慌てて立ち上がると、アレクシスを引っ張る。

「アレクシス、侯爵夫人にご挨拶がしたいの。紹介してくれる？」

作戦会議の最中にもかかわらず、唐突なことを言い出した私を見て、アレクシスは戸惑った表情を浮かべたけれど、彼は素直に頷いた。

「ああ、もちろんだ。しかし、君のことをダイアンサス侯爵令嬢とは紹介できないから……そうだな、母上は芸術家がお好きだから、ルチアーナは新進気鋭の画家ということにしておくか」

「うむ、それがいい。ルチアーナの絵は斬新過ぎるから、もしも夫人が理解できるならば、個性的な審美眼の持ち主ということになるな。ところで、カンナ侯爵家の現状は把握できた。後は、私とジョシュア師団長で作戦を練っておくから、2人は夫人に挨拶してくるといい」

恐らく兄は、私の焦りを感じ取ってくれたのだろう。

兄に感謝すると、私はアレクシスとともにカンナ侯爵夫人の許に向かったのだった。

◇　◇　◇

カンナ侯爵夫人の部屋を訪れたところ、夫人は不在だった。

元来た道を引き返すと、嫌な予感を覚えながら足早に中庭に向かう。

「毎日ではないが、母はこの時間、中庭でお気に入りの花を眺めながら、紅茶を飲む習慣があったんだ」

そんなアレクシスの説明を受けて中庭に向かったのだけれど、彼の顔には笑みが浮かんでおり、久しぶりに優しい母親に会えることが楽しみな様子だ。

現実世界において、カンナ侯爵親子の交流はほとんどなくなっているけれど、過去世界において、夫人はアレクシスを可愛がっていたのだから当然のことだろう。

顔をほころばせるアレクシスと手をつなぎ、廊下を抜けて中庭全体が見渡せる場所に出る。

その庭は遠くからでも全体が見通せる造りになっており、遥か先にいる侯爵夫人を目にすることができた。

侯爵夫人は一人きりだったため安心したけれど、目を凝らしてみると、両手にオルゴールを持っている。

そのため、私ははっとして目を見張った。

「開けてはダメよ！」

思わず大きな声で叫んだけれど、私の声が夫人の許に届いた様子はなかったため、私は摑んでいたアレクシスの手を放すと走り出す。

あのオルゴールはアレクシスの誕生日プレゼントとして、侯爵夫人が特別に作らせたものだ。

オルゴールを開けると、夫人にとって大切な曲が流れるようになっているけれど、今ここでその曲を流してはいけないのだ。

私は全力で走ったけれど、侯爵夫人の許に辿り着くより早く、夫人は優雅な仕草でオルゴールの蓋を開けた。

その途端、静かな庭園に軽やかな音楽が鳴り響き始める。

「ダメよ！」

今度こそ、私の声は侯爵夫人に聞こえたようで、夫人は驚いた様子でこちらを見た。

けれど、その間も無情にも音楽は響き続ける。

2小節、3小節、4小節……もう手遅れだ。

絶望を覚えて立ち止まったその時、偶然庭を通りかかった夫人お抱えの音楽家が、抱えていた荷物をばさばさと地面に落とした。

侯爵夫人が動転してオルゴールの蓋を閉めるのと同時に、音楽家は感激した様子で夫人の前に跪《ひざまず》くと、決定的な言葉を口にする。

「ああ、侯爵夫人、僕があなたのために作った曲ですね!!」

夫人は驚いたように目を見張ったけれど、音楽家はその両手を握りしめると、感極まった様子で感謝の言葉を口にした。

「侯爵夫人がここまで僕のことを想ってくださっていたとは知りませんでした！　まさかわざわざ僕の曲をオルゴールにして、永遠に閉じ込めてくださるとは！　これは、あの夜に僕が夫人に捧げた曲ですね！　そうです、この曲には夫人に対する僕の熱い想いの全てが込められているんです!!」

音楽家の声は大きく、離れていても十分聞こえるほどだったので、近くにいる者には当然聞こえるだろう。

周りを見回すと、柱の陰に立っていたカンナ侯爵が我慢ならないとばかりに顔を歪め、踵《きびす》を返すのが見えた。

「……父上」

そのことに気付いたアレクシスが呆然とつぶやく。

彼も聞こえてきた会話から、母が音楽家と不貞を働いており、そのことを父が知ったのだと判断したようだ。

夫人に縋《すが》りついていた音楽家は興奮し過ぎたようで、侍女や従僕たちがわらわらと集まり、夫人から音楽家を引き離そうと大騒ぎしている。

忠実な使用人たちに囲まれ、侯爵夫人は安全ねと考えた私は、真っ青になったアレクシスが心配になり、彼の顔を見下ろした。

アレクシスは絶望的な表情を浮かべると、無言のまま元来た道をふらふらと引き返し始める。

私は彼の少し後ろを付いていったけれど、廊下に辿り着いたところで、アレクシスはぴたりと立ち止まった。

どうしたのかしらと顔を覗き込むと、アレクシスは今になって衝撃が襲ってきたようで、動揺した様子で体を震わせながら両手で口元を押さえる。

彼のショックを受けた姿を目の当たりにしたことで、どうしてもう少し早く夫人の許に行って、会話を止められなかったのかしらと後悔の念が沸き上がってきた。

掛ける言葉を見つけられないでいると、アレクシスは目を見開いたまま、信じられないとばかりに言葉を零す。

「あのオルゴールは私の10歳の誕生日に、母が贈ってくれたものだ。私はとても喜んで、何て美しい曲だろうと感動しながら、何度も何度もオルゴールを聞いていた。それなのに、不倫相手から贈られた愛の曲だったというのか!?　母は何てものを私に贈るのだ！　そして、母があのオルゴールを私に贈った際、父は同じ場にいて一部始終を目撃していたのだ!!」

私はアレクシスの前にしゃがみ込むと、もう一度振り返って、侯爵夫人を見るように促した。

「アレクシス、よく見てちょうだい。ほら、音楽家の方が一方的にカンナ侯爵夫人に縋っているのであって、夫人は音楽家の方をすげなくあしらっているわ。先ほどのセリフは全部音楽家の思い込みなのよ。夫人は潔癖な方だから、夫以外の恋人を持ったことはないわ」

アレクシスは激しく首を横に振る。

「分からないよ、ルチアーナ！　だったら、母上は今すぐ音楽家を放逐すべきだ。たとえ音楽家の片恋だとしても、あれほどの恋情を抱いている相手を身近に置くべきではない。しかし、現実世界において、今もって母上はあの音楽家のパトロンになっている」

母親に裏切られたと思って震えている幼いアレクシスを、私はぎゅううっと抱きしめた。

すると、アレクシスは縋るように私に抱き着いてくる。

その動作から、アレクシスが傷付いていることが伝わってきたため、私は彼の背中をゆっくり撫でた。

それから、アレクシスの悲しくてつらい気持ちが少しでも薄れますようにと願いながら、意識して優しい声を出す。

「それはカンナ侯爵夫人が音楽を志す方を応援したいと、心から思っているからよ。夫人が想っているのは侯爵だけだわ」

アレクシスは混乱の極みにいるから、色々と説明しても理解することは難しいだろう。

私が口にした最低限の言葉ですら、理解できているかどうか怪しいのだから。

彼が落ちついた頃合いを見て、少しずつ説明しようと考えながら、私はアレクシスと手をつなぐと、一緒に彼の私室に戻っていった。

それから、未だ動揺している様子のアレクシスをソファに座らせる。

テーブルの上に見慣れぬカードがあったので手に取ると、『ジョシュア少年と外出してくる　サフィア』と書いてあった。

ということは、2人はしばらく戻ってこないだろう。

「アレクシス、明日のお誕生会だけれど……」

口を開きかけたところで、この世界の私の言動に制約がかかっていることを、ふと思い出した。

過去世界において私は異物だから、過去を変える一切の行動をしてはいけないし、違反する行動をしたならば強制的に現実世界に連れ戻す、とシストから説明されたことを。

この場合、「過去を変える行動」とは、どこまでを指すのだろう。

私はゲームの流れを知っているから、この後に起こるであろう未来を予測できるのだけれど、その私が正しい道をアレクシスに示すことも、過去を変える行動に含まれるのだろうか。

あるいは、明確な指示ではなく、「したらどうかしら」といった示唆の形であれば見逃してもらえるのだろうか。

ゲームのストーリーを知っているのは私だけだから、多分、私が一番アレクシスの力になれるはずだ。

だから、確実にアレクシスの望みが叶うまで――カンナ侯爵夫妻が誤解を正して仲良くなったと確信できるまで、私はこの過去世界に留まるべきだろう。

そのためにも、シストが制限した「過去を変える行動」はできるだけ避けなければいけない。

あれこれと考えて言葉を続けられずにいると、アレクシスは俯いたまま震える声を出した。

「無理だよ、ルチアーナ！　私に未来を変えることはできない！　私の不用意な一言で、両親が不仲になったのだとずっと考えてきたが、そうではなかった。母はずっと不倫をしていたのだ。不倫でないにしても、怪しまれて当然の行動をしている。だから、父も馬鹿らしくなって、自分の行動を隠すのを止めたのだ。我が侯爵家は最初から崩壊していたんだよ」

そうだよな、両親に対して影響力があるはずもないのに、どうして私の一言が不仲の原因だと考えたのだろうなと言いながら、アレクシスは絨毯の上にへたり込んだ。

私もソファから下りて彼の前にぺたりと座り込むと、彼の手を取って握りしめる。

「アレクシス、何度でも繰り返すけれど、侯爵夫人は清廉な方よ。夫以外に恋人を持つことはあり得ないわ。それから、侯爵も同様よ。口数が少ないけれど、夫人をとても想っていらっしゃるわ。カンナ侯爵家は崩壊していない。全員が家族を思いやっているし、家族のことが好きなのだから。ただ、すれ違っているだけなのよ」

アレクシスは否定するかのように首を横に振った。

「ルチアーナは私を現実が見えないダメな子にしたいのか？　夢を見る年齢は過ぎたよ。父と母が互いを想っていると信じるほど、現実が見えないわけではない」

確かに中庭の一件は、侯爵夫人が夫を裏切っているように見えただろう。

そして、今後の侯爵の行動を見る限り、彼も夫人を裏切っているように見えるだろう。

けれど、それは誤解なのだから、アレクシスまで事実だと思い込んでしまったら、――――家族の全員が夫婦不和を信じてそのように行動したら、きっと真実になってしまう。

私は顔を近付けると、間近からアレクシスの顔を覗き込んだ。

「アレクシス、あなたは家族を崩壊させたいの？　現時点では夫人が不貞を働いているかどうかは不明だわ。だけど、あなたが真実だと思い、そう振る舞うことで、侯爵を始めとした周りの者たちにもそう見えてくるのよ」

「だが、事実は……」

アレクシスは母親を信じ切れない様子で、苦し気に顔を歪める。

貴族の親子は多くの時間をともに過ごすものではないから、子どもは親がどのように一日を過ごすのか知りはしない。

知らないことが多過ぎるため、自信を持って「母上は不貞をしていない」と言うことは難しいのだろう。

「アレクシス、私は決してあなたに嘘を言わないわ。約束する」

「ルチアーナ……」

「そして、改めて言うわ。カンナ侯爵夫人は夫を裏切っていないわ。絶対よ」

何度も何度も同じ言葉を繰り返したからか、アレクシスは初めて私の言葉について考える様子を見せた。

それから、母親を信じたい様子で、縋るように尋ねてきた。

「だが、母は私に贈るオルゴールに、音楽家の恋人から贈られた曲を使用している」

「それは音楽家の誤解なのよ。たまたま最初の4小節が、音楽家が作った曲と一致しただけで、あの音楽家が作った曲ではないの」

アレクシスが驚いた様子で目を見張ったため、私はしっかりと彼の目を見つめると、力を込めて発言した。

「アレクシス、あなたは何のために過去世界に来たの？　両親の不和を解消するためでしょう。だから、あなただけは何があっても侯爵夫人を信じなきゃいけないわ」

真剣な表情で訴えると、アレクシスはぐっと唇を噛み締めた。

◇　◇　◇

この世界におけるアレクシスのストーリーは、乙女ゲーム『魔術王国のシンデレラ』のストーリーと、既に内容が異なってきているようだ。

ゲームの中では、カンナ侯爵が生まれてきた息子の髪色を見た途端、即座にアレクシスを夫人の浮気相手の子どもだと断定し、それ以降の夫婦仲は冷え切っていたからだ。

けれど、この世界では少なくともアレクシスが10歳になるまでは、それなりの家庭生活が送られていたらしい。

ただし、下手をすれば明日のアレクシスの誕生会を契機に、ゲーム通りの崩壊した家庭に変わってしまう可能性がある。

そのため、一体どうやって回避したものかしら、と私は今度こそじっくりと作戦を練ることにした。


アレクシスとともにああでもない、こうでもないとうんうん唸っていると、兄とジョシュア少年が外出先から戻ってきた。

どうやら2人は劇場に足を運び、カンナ侯爵が皆の前に披露する予定の侯爵の未来の恋人に、先んじて会ってきたらしい。

もちろんこれは、現実世界と同じように進行すればということで、明日を回避できたならば起こり得ない未来のはずだ。けれど。それよりも。

「よく侯爵のお相手が分かりましたね？」

私は驚いて2人に尋ねる。

この世界において、カンナ侯爵が妻以外の女性を公の場に伴うことはなかったため、相手を特定するヒントは何もなかったはずだ。

ただし、現実世界において、侯爵はいつだってお気に入りの歌姫をそこここと連れ出していたので、その情報を兄が知っていたのかもしれない。

間違ってもジョシュア師団長はゴシップ情報に詳しくなさそうだから、師団長でなく兄が保持していた情報なのだろうな、と思いながら2人を見る。

案の定、兄が肯定するかのように頷いた。

「以前、紳士クラブに顔を出した際、皆の話題に上ったことを覚えていたのだ」

兄は私にそう説明した後、アレクシスに向き直った。

「アレクシス、未来が変わらなければ、明後日以降に『カンナ侯爵の恋人』だと噂になる歌姫と話をしてきた」

「……ああ」

アレクシスは緊張した様子で、言葉少なに答える。

そんなアレクシスに対して、兄はずばりと摑んできた情報を披露した。

「カンナ侯爵は歌姫の劇場を援助している。どうやら彼女は侯爵の幼馴染《おさななじみ》らしい」

「えっ？」

その情報はアレクシスにとって初耳だったようで、驚いたように目を瞬かせた。

「歌姫は父上の幼馴染なのか？」

「ああ、歌姫はバレ子爵家の娘だ。領地が隣同士だったため、2人は幼い頃から一緒に遊ぶ仲だったようだな。その縁もあって、侯爵は歌姫を援助しているように思うが……」

兄にしては珍しく話の途中で言いさしたため、代わりにジョシュア少年が続けた。

「歌姫は侯爵に懸想《けそう》している様子だったな。しきりと侯爵との関係を仄めかしていた。しかし、侯爵側の話を聞いていないうえ、2人が一緒にいるところを見ていないので事実は不明だ」

「そうか、父は歌姫の劇場を援助していて、2人は結婚前からお互いを知っていたのか。そして、歌姫も貴族なのか」

アレクシスの声は暗く、与えられた情報から父が不貞をしていると判断したようだ。

そんなアレクシスに対して、兄が言い聞かせるような声を出す。

「アレクシス、そう決めつけるものではない。感覚的なものなので根拠はないが、歌姫に会って話をしたことで、侯爵は夫人を裏切っていないのではないかという気になった。歌姫が侯爵について知っていることは多くなく、匂わせてきた侯爵との関係も大したものではなかった。それなのに、必死になって関係をアピールする歌姫の様子が、私にはどうにもうさん臭く見えたのだ」

感覚的なものだと言いながら、兄は自分がそう考えた理由を丁寧に説明してくれた。

兄はさらに補足する。

「カンナ侯爵は数少ない高位貴族の一人だ。彼ほどの有名人であれば、妻以外の恋人がいれば必ず発覚する。しかし、恋人の噂は多々あるが、具体的な相手が出てきたことは1度もない。そして、世の中に出回る噂の大半は事実無根の虚偽なのだ」

「しかし」

兄の言葉を信じたいけれど、信じ切れない様子のアレクシスを見て、兄は両手を伸ばすと彼の両肩に置いた。

それから、体を屈めてアレクシスの顔を覗き込むとしっかり目を合わせた。

「アレクシス、しっかりと君自身の目で見極めるのだ。何が真実で、何が虚偽なのかを」

アレクシスは悩む様子ながらも、兄の言葉にはっきりと頷いた。

◇　◇　◇

一夜明け、とうとうアレクシスの誕生日を迎えた。

誕生会は毎年、家族だけで行うとのことだったので、兄とジョシュア師団長と私はアレクシスの部屋でお留守番をすることにした。

アレクシスは今日という日を変えるために過去世界にやってきたのだから、侯爵夫妻の不和を直接的に引き起こした例の言葉を口にすることは絶対にないはずだ。

そのため、不幸な未来が回避できればいいな、と希望的観測を抱く。

この短い期間の間に、アレクシスは私たちと一緒にいることが当たり前になったようで、一人で両親と対峙することに不安な様子を見せた。

私は彼の両手をぎゅっと握ると、「絶対に侯爵夫人を信じてあげてちょうだい」と、おまじないの言葉を口にする。

本当はオルゴールの件が誤解だと証明したいところだけれど、そのことをアレクシスの口から説明しても侯爵は信じないだろう。

カンナ侯爵は意固地になっていて、侯爵夫人に言われたことにしか耳を傾けないように思われたからだ。

そうであれば、せめてアレクシスだけでも夫人を信じ、夫人が事実を述べやすい雰囲気を作ることが大事なのだとアレクシスに言い聞かせる。

私の言葉を聞いたアレクシスは、考えるかのように首を傾げた。

「ルチアーナは不思議だよね。君はいつだって自信満々にアドバイスをくれるから、まるで未来を知っているかのように錯覚してしまうよ」

その通りなので、どきりとして口を噤んでいると、アレクシスが代わりに言葉を続ける。

けれど、それは現状と全く関係がない話だった。

「『陰の魔の★地帯《バルシュミースター》』において、君は東星と知り合いのようなことを言っていたよね？　以前、『ジョシュア師団長が東星に接触した際、想い人を伴っていたのではないか』との噂話を披露した時はスルーされたが、やはり同伴者は君だったのだな。私だって今回初めて四星に遭遇したというのに、君は二星目だなんて、すごくドラマティックな人生だね！」

いつになくぺらぺらとどうでもいい話をし続けるアレクシスは、酷く緊張しているのだろう。

彼が無意識のうちにほどいてしまった胸元のリボンを結びなおしてやると、私はぎゅっとアレクシスを抱きしめた。

「大丈夫よ、アレクシスはこの誕生会をやり直すために過去世界に来たのだから。あなたにならできるわ」

「……行ってくる」

多分、アレクシスは誰かに最後の一押しをしてほしかったのだろう。

彼は緊張した様子ながらも決意したような表情を浮かべると、私室を出ていった。


どうかうまくいきますように。

アレクシスが誕生会に参加している間中、私はずっとそう祈り続けていたけれど……戻ってきた彼を見たことで、聞かずとも結果を把握する。

なぜなら彼が部屋に入ってきた時の足取りは引きずるようなもので、その顔には絶望の色が浮かんでいたからだ。

誰一人アレクシスに声を掛けることができず、無言で彼が落ち着くのを待つ。

随分な時間が経った後、やっと話ができるようになったアレクシスが語ってくれた内容によると

――誕生会の結末は、現実世界と変わらないものになったらしい。

侯爵夫人がアレクシスへのプレゼントにとオルゴールを渡したのだけれど、その瞬間、侯爵が激高して夫人の不貞を断定し、部屋から出ていったというのだ。

「……どれだけ待っても、父は戻ってこなかった」

アレクシスがそう締めくくった後、その場には、耳に痛いほどの沈黙が落ちた。

50 カンナ侯爵夫人の真実

誕生会の翌日から、アレクシスは私にべったりとくっつくようになってしまった。

カンナ侯爵は夫人の不貞を断定したけれど、アレクシスは母を信じたいようで、自信をもって侯爵夫人は貞淑だと言い切った私に好感を覚えたらしい。

ゲームの中で、幼いアレクシスは愛情を受けることがなかったため、感情面がほとんど成長しなかったとの説明があったけれど、こういうところを指しているのかなと思う。

だからこそ、アレクシスは今、感情面が成長している最中なのだわと考えながら、べったりとくっついてくる彼の頭を撫でる。

気持ちよさそうに目を瞑るアレクシスに、私はお願いした。

「ねえ、アレクシス、カンナ侯爵夫人にお会いすることはできるかしら？」

昨日の誕生会の席で、カンナ侯爵は一方的に夫人を糾弾したとのことだけれど、それに対して夫人は一言も言い返さなかったらしい。

それがなぜなのか分からなかったため、理由を尋ねてみたいと思ったのだ。

この問題は、結局のところカンナ侯爵と侯爵夫人2人のものだ。

そのため、2人に解決する気持ちがなければ、上手《うま》くはいかないのだ。

そう考えながら、私はアレクシスから聞いた、彼の誕生会の様子をもう一度反芻した。

◇　◇　◇

誕生会にはカンナ侯爵と侯爵夫人、アレクシスの3人が参加したのだけれど、侯爵は最初からピリピリしていたらしい。

アレクシスの見立てでは、侯爵は侯爵夫人の不貞らしき現場を見たことを、なかったことにしようかどうしようかと、迷っていた様子だったというのだ。

しかし、夫人が悪びれない様子でオルゴールを息子に贈ったことで、怒りが爆発したらしい。

「父は怒りのあまり、10年間腹の中に溜めていた言葉が一気に噴出したようだった。私の髪色に触れ、『結婚前の恋人が』とか、『音楽家が』とか口にしていたからな。最後は私のミドルネームにも腹を立て、私は父から『二度とミドルネームを使うな！』と命じられた」

どういうことかしらと詳しく尋ねると、アレクシスは気が重い様子でため息をついた。

「今のところ、全てが現実世界と同じような経緯を辿っている。これは、私が29年間かけて集めた情報だが……我がカンナ侯爵家の子どもは、全員赤い髪で生まれてくるのだ。そして、見たら分かるように、父はもちろん母だって真っ赤な髪色をしている。にもかかわらず、私の髪色はオレンジ色と黄色が交じった2色の髪色だ」

確かに侯爵と侯爵夫人の2人は、どちらも鮮やかな赤い髪をしていた。

そのため、アレクシスの髪色がどこから来たのか、というのは疑問に思うところだけれど、遺伝というのは単純なものではないのだ。

「残念なことに、結婚前の母の恋人だと父が考えている相手はオレンジ色の髪をしているし、現在の母の恋人だと噂されているお抱えの音楽家は黄色い髪だ」

オルゴール騒動の音楽家が黄色い髪だったため、彼が夫人の現在の恋人だと噂されている相手だろうなと推測する。

「そんなことは絶対にないけど、侯爵はアレクシスの父親は2人のうちのどちらかだと思い込んでいるのかしら？」

「父が私に『二度とミドルネームを使うな！』と命じたと言ったよね？　私のミドルネームは『カイ』というが、母が付けてくれた。そして、……母の元恋人だと目されている、母の幼馴染の名前は『マイカイ』というらしい」

「ややこしいわね」

偶然だと思うけれど、2人の名前が似ているため、侯爵は侯爵夫人が元恋人の名前を息子に付けたと考えたのだろう。

「……思い出したわ。アレクシス、あなたが船の上で自己紹介をしてくれた時、『アレクシス・カンナ』と名乗って、ミドルネームを省略したわね。もしかして侯爵から『二度とミドルネームを使うな！』と命じられたのは2度目なの？　19年前も同じことを言われたのかしら」

アレクシスは皮肉気に唇の端を上げた。

「ルチアーナは基本的に鈍感なのに、時々嫌になるくらい鋭いよね。私が自己紹介をした時、逃げ出しそうな様子だったのに、よく聞いていたものだ」

「逃げ出しそうな様子だったって……」

当たっているけど。

「ルチアーナは私みたいなタイプは嫌いなの？」

突然、ずばりと質問されたので、びっくりしてアレクシスを見ると、彼は傷付いたような表情を浮かべていた。

そのため、10歳の子どもを悲しませてはいけないわと慌てて口を開く。

「ええと、そう言うわけではなくて、その……アレクシスのように自由恋愛を謳歌している人には信じられないでしょうけど、私は誰とも付き合ったことがないの。そして、できるならばたった一人と付き合って、その相手と結婚したいと思っているの」

これはサフィアお兄様からも言われたことだ。

『お前は人生で1度だけ恋愛をするのが似合うタイプだ』と。

「互いに自己紹介をした時、アレクシスは慣れた様子だったし、遊び人のような表情を浮かべていたから、私には対処できないと思ったのよ。だから、逃げ出したい気持ちになったのかもしれないわ」

面白みのない考え方だ、と馬鹿にされなければいいけれど、と返事を待っていると、アレクシスは真顔で首を横に振った。

「ちっとも信じられない話じゃないよ。そうか……もしも私が最初に付き合った相手がルチアーナだったならば、私の恋愛も生涯1度だけで、君と結婚していたかもしれないね」

酷く思いつめた様子で言われたため、アレクシスは大丈夫かしらと心配になる。

「まあ、アレクシスったら、私があなたを選ぶと決めてかかっているのかしら？」

雰囲気を明るくしようと、わざとおどけた調子で返すと、アレクシスは真剣な表情を浮かべた。

「そうじゃない。生涯に1度の恋ならば、絶対に逃すわけにはいかないから、懇願してでも、何をしてでも、結婚するだろうということさ」

「ほほほ、アレクシス、私はどれほど懇願されたとしても、好きな相手としか結婚しないから！」

きっぱりと言い切ると、アレクシスはうっとりとした表情を浮かべた。

「そうなんだ。……だとしたら、君と結婚できた男性は、君の気持ちを疑う必要はないんだね。素晴らしいな」

その言葉を聞いて、アレクシスはずっと両親の不仲に心を痛めてきたから、無条件に愛を信じられる相手を求めているのかもしれないという気になる。

「アレクシス、あなたはとても素敵よ！　いつか、あなたのことをずっと好きでいてくれる女性が現れるから」

彼の気持ちを軽くしようと明るい未来について述べたというのに、アレクシスから返ってきたのは私の悪口だった。

「……ルチアーナはやっぱり鈍感だね。私はずっと君の話をしているのに、君は第三者を持ち出してくるんだから」

「はい？」

言われている意味が分からなかったので聞き返すと、アレクシスは諦めた様子でため息をついた後、最初の私の質問に返事をした。

「何でもないよ。母上との面会だね。分かった、約束を取り付けてくるよ」

◇　◇　◇

そして、アレクシスはすぐに午後の約束を取り付けてきてくれた。

侯爵夫人と対面するのだからと、鏡の前で髪を整えていると、アレクシスが後ろに来て言いにくそうに口を開く。

「ルチアーナ、君が色々と私のために尽力してくれているのは理解しているが、母に多くを尋ねるのは止めてくれないか。ルチアーナが何度も、母は不貞を働いていないと言ってくれたから、その言葉を信じたいと思っているし、母に夢を見たい気持ちはあるが、現実世界で29年間母を見てきているから、どのような女性なのかは大体理解している」

アレクシスはそこで一旦言葉を切ると、切なそうに目を細めた。

「事実を掘り返すよりも、曖昧にしたまま夢を見ている方が、私は安らかな気持ちでいられるはずだ」

そうだろうか。侯爵夫人は実際に不貞を働いていないのだから、全てを明らかにした方がアレクシスは安らかな気持ちになれると思うけど。

それに、アレクシスは知らないことだけれど、ゲームのストーリー通りであれば、半年も経たないうちに、侯爵夫妻は不慮の事故で亡くなってしまうのだ。

もちろん、現実世界に戻ったならば、そのようなことが起きないように働きかけるけれど、そもそも話を聞きたい時にいつだって聞けるわけではないという可能性を考えて、聞ける時に聞いておくべきだろう。

「アレクシス、誰もがいつまでも元気だとは限らないのよ。だから、1人で『事実はこうじゃないか』と想像するよりも、直接本人に尋ねた方がいいと思うの。もちろん私は礼儀正しい淑女だから、失礼な質問をするつもりはないわ。安心してちょうだい」

アレクシスは私の言葉を聞いてもまだ不安そうにしていたけれど、過去世界に来た目的を思い出して、両親の不和を解消する助けになるのであれば、と頷いてくれたのだった。

時間になり、侯爵夫人をお訪ねしようとしたところで、兄とジョシュア少年が付いてくると言い出した。

2人が付いてきてくれるのならば心強いわと思いながら、皆で指定された中庭に向かう。

カンナ侯爵夫人は先に来ていて、先日と同じ椅子に座っていた。

初めて近くで目にした侯爵夫人は、子どもを産んだとは思えないほど若々しく、とても可愛らしい女性だった。

はにかむように微笑んだ侯爵夫人を見て、ああー、これはカンナ侯爵もメロメロになるわねと納得していると、アレクシスが侯爵夫人に私たちを紹介し始める。

まずはジョシュア少年が紹介されたため、彼は一歩前に進み出ると、片手を胸に当てて腰を折った。

「初めまして、侯爵夫人。ウィステリア公爵家のジョシュアです」

幼い姿ながらも完成された挨拶を見せるジョシュア少年に、侯爵夫人が驚いたように目を見張る。

「まあ、何て立派な礼を執《と》るのかしら！　さすが公爵家のご子息ね」

続けて、兄と私が事前の打ち合わせ通りに自己紹介をした。

私たちの役どころは、ジョシュア少年にくっついてきた公爵家専属の芸術家だ。

「お初にお目にかかります。ウィステリア公爵家でお世話になっている音楽家のサフィアです」

「同じく音楽家のルチアーナです」

私の言葉を聞いた兄が、物言いたげに私を見る。

その視線を受けたことで、私が役どころを間違えて自己紹介をしてしまったことに気が付いた。

あっ、しまった！　私は画家の設定だったわ。

兄につられて音楽家と自己紹介してしまったけれど、言ってしまったものは仕方がない。似たようなものだし、問題はないわよね。

焦ってきょろきょろしていると、私たちの言葉を聞いた侯爵夫人が嬉しそうに目を細める姿が見えた。

「まあ、私は音楽家が大好きなの！　どうかこの邸《やしき》にいる間に1度、演奏を聞かせてちょうだいね」

「えっ！」

私は遅ればせながら、兄の物言いたげな視線の意味を悟る。

そうだわ、画家と言っていれば、他の人が描いた絵を持ってきてもバレないけれど、音楽家は目の前で演奏しなければならないから腕前がバレるのだわ。

たらりと冷や汗を流す私の隣で、兄がにこやかに返事をした。

「ええ、ぜひとも披露させてください。ですが、カンナ侯爵夫人は音楽に造詣が深いとうかがっているので緊張しますね」

くうっ、お兄様め。

兄が楽器を弾くところを見たことはないけれど、そつなくこなすだろうことは簡単に予想できる。

一方の私が、何一つ楽器を弾けないことを兄は分かっているだろうに、気安い返事をするなんて。

ぐぎぎと奥歯を噛み締めたけれど、兄の前言を翻す機会はその後巡ってこず、皆で席に着いた後は、当たり障りのない話に終始した。

侯爵夫人の人柄なのか、彼女は誰の話でも楽しそうに微笑みながら聞いている。

そんな夫人を見て、私はほっと胸を撫で下ろした。

昨日の誕生会でカンナ侯爵は激高し、侯爵夫人に激しい言葉をぶつけたと聞いていたため、夫人が気落ちしているのではないかと心配していたのだ。

けれど、今のところ嘆いている様子はなさそうだ。

もちろん、侯爵夫人は高位貴族のご夫人だから、感情を隠すことに長《た》けていて、悲しみを隠しているだけかもしれないけれど。

ちなみに、ほんの2日前、私がこの庭園で侯爵夫人に向かって「ダメよ！」と叫んだシーンを夫人は覚えていたようで、丁寧にお礼を言われた。

私は夫人にオルゴールの蓋を開けてほしくなくて叫んだのだけれど、夫人はどうやら彼女に近付く音楽家を見て私が危険を感じ、制止の声を上げたと誤解したようだ。

「あなたが大きな声で叫んでくれたから、使用人たちが何事かとすぐに駆けつけてきてくれたわ。あの後は騒々しくなって、お礼を言おうとした時に既にあなたはいなかったから、気になっていたの」

その後も色々な会話を交わしたけれど、侯爵夫人が特に興味を引かれたのは、兄が披露した次の社交シーズンに流行《はや》るドレスについてだった。

侯爵夫人が熱心に話を聞いている姿を見て、その熱意は正しく報われるのじゃないかしらと思う。というのも、私たちは19年後の未来から来たので、この後に何が流行るのかを正しく知っているからだ。

当時の兄は0歳でしかないはずなので、普通に考えたら当時の流行を覚えているはずはないのだけれど、適当なことを言っているとは思えない。

恐らく、兄は流行に関する本を読んだことがあって、ものすごい記憶力でその内容を覚えているのだろう。

夢中になって頷いている侯爵夫人を横目に、アレクシスが小声でささやいてくる。

「この頃の母上は、社交に興味があるわけではなかったし、人目を引くようなドレスを着るタイプでもなかった。母上が変わったのは、父上との不仲が決定的になってからだよ」

現実社会において、カンナ侯爵夫人は『社交界の華』と呼ばれている。

けれど、目の前の侯爵夫人はドレスに最新流行を取り入れている様子はなく、おっとりとした様子で朗らかに微笑んでいたため、とても社交界を取り仕切るような女性には見えなかった。

多分、カンナ侯爵夫人は寂しさを紛らわせようと社交に没頭した結果、『社交界の華』と呼ばれる女性にまで上り詰めたのだろう。

そう考えて何とも言えない気持ちになっていると、夫人が熱っぽく兄を見つめてきた。

「サフィアさんは素晴らしい先見の明をお持ちなのね。色々と教えてもらって、とてもためになったわ。少し落ち込むことがあったのだけど、元気が出たみたい」

ああー、侯爵夫人のこういうところに、カンナ侯爵は落ち着かない気分を味わっているのだわ。

侯爵夫人に下心がないことは明らかで、純粋な好意や尊敬する気持ちで兄を見つめているのだろうけれど、夫人の頬が赤らみ、目がきらきらと輝いているため、見方によっては兄に恋心を抱いているように思われるのだから。

困ったわねとこめかみを押さえたその時、一人の男性が私たちの許まで走ってきた。

「カンナ侯爵夫人、今度はその若い男に乗り換える気ですか!!」

詰《なじ》るような口調に驚いて目を見張ると、一昨日、侯爵夫人に縋りついていたお抱え音楽家の姿があった。

◇　◇　◇

「まあ、グンター、お客様に向かって何て失礼なことを言うの。こちらは息子のご友人の方々よ」

侯爵夫人は即座に音楽家をたしなめたけれど、彼は聞く耳を持たない様子で激しく言い返してきた。

「嘘を言わないでください！　この色男は音楽家だと、侯爵邸のメイドから聞きました！　僕の代わりに彼を囲う気なんでしょう」

カンナ侯爵邸に来たのは一昨日のことなのに、もう兄が音楽家だと邸のメイドにまで広まっていることにびっくりする。

お兄様ったらわざと噂を流したわね。いつもながら仕事が早いこと。

そして、そんな仕事をしたのは、このグンターという音楽家をおびき寄せるためかしら？

「グンター、誰もあなたの代わりにはならないわ。だから、落ち着いてちょうだい」

カンナ侯爵夫人のたしなめる言葉を聞いて、言葉選びが悪すぎると私は顔をしかめる。

侯爵夫人の人となりが「潔癖で一途。夫以外の男性に目を向けない」と分かっているからこそ、何てことなく聞き流せる言葉だけれど、知らなければ誤解を招く言葉なのは間違いない。

先ほど兄を見つめていた表情も、侯爵夫人をよく知っていれば、いい話を聞けて喜んでいるのだろうなと理解できるけれど、知らない人が見たら、兄に懸想しているのではないかと勘違いするはずだ。

というか、もしかしたらこの音楽家は先ほどのシーンを目撃し、侯爵夫人が兄に懸想したと誤解して、慌てて走ってきたのかもしれない。

あり得るわねとこめかみを押さえていると、グンターは今しがたの侯爵夫人の言葉を誤解したようで、感激した様子で夫人を見上げた。

「ああ、侯爵夫人にとって、誰も僕の代わりにはならないんですね！　そんなにまで僕のことを思ってくださるなんて……」

誤解が深まっていく様子を目の当たりにし、私は頭を抱える。

ああ、グンターは熱っぽい様子で侯爵夫人を見つめているのに、夫人は自分が向けられている好意に全く気付いていないわよ。

こんな場面をカンナ侯爵が目撃したり、人伝《ひとづて》に聞いたりしたら、さらなる誤解が生じるのではないかしら。

なるほど、どうしてカンナ侯爵家の夫婦仲が崩壊したのかが、この短い時間で分かった気がするわ。

私の見たところ、侯爵夫人は世慣れなさ過ぎなのだ。

そして、カンナ侯爵は侯爵夫人の言動を、見たまま受け取るタイプなのだろう。

どうしたものかしらと考えていると、普段よりもゆったりとした兄の声が響いた。

「もちろん侯爵夫人の言われるように、グンター殿の代わりは他の誰も務まらない。私の代わりが他の誰にも務まらないように。そうでしょう、侯爵夫人？」

嫌な予感を覚えて視線をやると、兄が目を細めて楽しそうに夫人を見つめていた。

ぎゃあ、兄は一体何をやっているのかしら。

ただでさえ麗しい顔をしているのだから、まるで誘惑するかのように目を細めたら、大変なことになるのは火を見るよりも明らかではないか。

兄の隣ではジョシュア少年が、頭痛がするとばかりにこめかみを押さえているし、少し離れた場所では、侍女たちが頬を赤らめてよろけている。

それらを正しく視界に収めたグンターは、わなわなと体を震わせると激しい調子で兄を指さした。

「きっ、君は何て図々しいことを言い出すんだ!!」

一方、非難された兄はグンターを無視すると素早く立ち上がり、侯爵夫人の側に歩み寄って彼女の手を取る。

「侯爵夫人、あなたは我々をもてなしている最中ですよね。そもそも呼ばれもしない者が茶会の席に顔を出し、参加者に話しかけるのはマナー違反です。この無礼さを注意しなければ、グンター殿はいつまでたっても己の非礼さに気付かないので、彼のためになりませんよ」

兄は座ったままでも侯爵夫人に助言ができたはずだ。

そのため、わざわざ立ち上がり、侯爵夫人の手を握って話をするという親密な態度は、グンターを焚きつけるためにわざと行ったのだろう。

兄の類《たぐい》まれな美貌と高位貴族特有の優雅な仕草が組み合わさって魅力が増し、嫉妬心を燃やすグンターにものすごいダメージを与えている。

そんな大変な場面にもかかわらず、素直な侯爵夫人は兄の企みに一切気付かない様子で、その通りだと頷いた。

「確かにサフィアさんの言う通りね。グンター、私はお客様をもてなしている最中だから下がりなさい」

「なっ！　こ、侯爵夫人、私よりもその色男がいいと言うのですか!!」

「ええ、私は今彼とお茶をしている最中だから」

うーん、本当に侯爵夫人の言葉のセレクトは酷いわね。

今度は夫人が兄を恋人として選んだように聞こえたわよ。

それにしても、グンターはこれまで侯爵夫人からはっきりと拒絶されたことがなかったのだろう。

彼は心配になるほど真っ青になると、返事もできない様子でくるりと踵を返し、よろよろとよろけながら去っていった。

「うむ、転ぶ様子もないし、心配する必要はないようだな」

兄は冷静に判断すると、侯爵夫人に向かって笑みを浮かべた。

「夫人、とても立派な拒絶でした。あなたは侯爵夫人という高い位置にいるのですから、時として毅然とした態度を取る必要があるはずです。しかし、あまり慣れていないようですね」

柔らかな声で指摘する兄を前に、侯爵夫人は恥ずかしそうに俯くと、ぐっと両手を組み合わせた。

それから、震える声を紡ぎ出す。

「私が侯爵夫人として未熟なことは理解しているわ。私は孤島出身で、上等な淑女教育を受けていないから」

現実世界で『社交界の華』として君臨しているカンナ侯爵夫人のものとは思えない自信のない言葉を聞いて、私は驚いて目を丸くする。

一方のアレクシスは、ぶるぶると震え始めた侯爵夫人を心配そうに見つめると、取りなすような言葉をかけた。

「母上は立派な淑女です！　それに、母上の出身地であるヒビスクス島は、海の幸に恵まれた豊かな場所だと聞いています」

アレクシスの言葉を聞いて、私は頭の中に地図を思い浮かべる。

カンナ侯爵領は我が国の東端に位置しており、その東面は全て海に接している。

そのカンナ侯爵領のさらに東側、海を隔てた先に位置するのがヒビスクス島なのだけれど、島の一部が我が国よりも隣国に近い距離にあることを理由に、隣国が所有権を主張している政治的に難しい島でもあった。

そのため、国王がヒビスクス島の豊かな海洋資源を失いたくないと考え、王国との結びつきを強めるために、王国の重鎮であるカンナ侯爵と島主の娘である夫人との婚姻を結ばせたのだ。

ということは、カンナ侯爵夫妻は政略結婚だったのかしらと考えていると、侯爵夫人が気弱な様子で息子に同意した。

「アレクシスの言う通りだわ。だからこそ王は、海の幸に恵まれたヒビスクス島を手放したくないと考えて、私をカンナ侯爵に嫁がせたのよ」

アレクシスはごくりと唾を飲み込むと、縋るように私を見つめてきた。

その表情を見て、とうとうアレクシスは侯爵について尋ねようとしているのだわと気付き、大丈夫よと大きく頷く。

『カンナ侯爵夫人は間違いなく、侯爵をお好きだわ！』

私の心の声が聞こえたわけでもないだろうに、アレクシスは私に向かって頷くと、侯爵夫人に向き直った。

それから、緊張した様子で口を開く。

「政略結婚の相手だから、母上は父上を厭われるのですか？」

「何ですって？」

カンナ侯爵夫人は思ってもみないことを聞いたとばかりに、ぽかんと口を開けた。

「えっ」

その表情を見て、アレクシスも驚いた顔をする。

そんな息子の前で、侯爵夫人はリンゴのように真っ赤になると、焦った様子でハンカチを取り出した。

「私はカンナ侯爵を……と、とても尊敬しているわ。厭うなんて、何が起こってもありえないわ」

夫人の真っ赤になった顔を見て、アレクシスが衝動的に質問する。

「母上は父上を好きなんですか？」

「なっ、そ、そそそ、それは……と、当然のことよね。だってあんなに素敵で優しくて立派なんだもの。誰だって好きになるわ」

首まで真っ赤になった夫人を前に、アレクシスが目を丸くした。

「は？　嘘でしょう？　でしたら、どうして他に恋人を作るんですか！」

「ここ恋人？　そんな方がいるわけがないでしょう。だって、私は侯爵と結婚しているのよ」

それが全ての理由になるとばかりにきっぱりと言い切った夫人を見て、アレクシスは両手で頭を抱えた。

「えっ、嘘だろう？　私がこれまで信じてきたことは何だったんだ。そもそも母上はいつだって取り澄ましている、貴族の中の貴族のような女性のはずだ。少なくともそう思い込んでいたが、どうしてこんなに無邪気な少女のようなんだ!?」

◇　◇　◇

アレクシスの発言内容はこの場の誰もが思っていたことだった。

カンナ侯爵夫人は『社交界の華』と呼ばれるほど世慣れた女性であるはずなのに、どうしてこんなに純真なのかしら、と。

「母上が私の想像していたような女性でなかったことは、この際置いておきましょう。ではせめて、どうしてこれまでの母上は、今のように心の裡を話してくれなかったのかを教えてください」

動揺した様子で質問を重ねるアレクシスに対し、侯爵夫人は自信がない様子で首を傾げた。

「き、聞かれなかったから？　私は孤島出身でマナーに自信がないから、尋ねられたこと以外は答えないようにしているの。失敗しないために」

「ですが、そのせいで父上は盛大に誤解しています！　私だって……」

アレクシスは途中で言いさすと、ごくりと唾を飲み込んだ後、緊張した様子で言葉を続けた。

「母上は……私を厭われていないのですか？」

それは長年アレクシスが悩んでいたことで、彼の根幹に関わる質問だった。

息を詰めて答えを待つアレクシスに対し、侯爵夫人は迷う様子もなくはっきりと答える。

「えっ、あなたを厭う？　そんなことあるはずないわ！　あなたは生まれてきた時からずっと、私の宝物なのに」

心底びっくりした様子の侯爵夫人を見て、アレクシスはさらなる質問をする勇気が持てたようで、緊張しながらも別の質問を口にする。

「では、どうして私に触れることができないのですか？」

「それは……アレクシスがとっても綺麗で大事だから、触るのがもったいなくて」

赤くなって恥ずかしそうに答える侯爵夫人を見て、アレクシスが信じられないとばかりに大声を出した。

「そんな理由がありますか!?」

「す、すみません？」

アレクシスの勢いに驚いたようで、侯爵夫人は体を縮こませると、疑問形で謝罪をする。

侯爵夫人には『触れたらもったいない』という他人には理解しがたい、でも、本人には納得の理由があってアレクシスに触れられなかったようだ。

だというのに、アレクシスから強く詰め寄られたら、自信がない様子を見せるのだから、とても気が弱いご夫人のようだ。

アレクシスもそのことに気付いたようで、言い募ることを止めると、その場にしゃがみ込んで、はーっと大きなため息をついた。

「私がずっと悩んでいたことは何だったんだ。確かに母上はずっと、私に『愛している』と言い続けてくれたが……言行不一致過ぎるから、本心だとは思わないだろう」

アレクシスの顔は伏せられていたため、その表情は分からなかったけれど、耳が真っ赤になっているので喜んでいるのだろう。

彼はしばらくそのままの姿勢でいたけれど、顔を伏せたまま侯爵夫人に質問をした。

「愚かな質問をしますが、私の父はオーシャン・カンナ侯爵ですよね？」

「え、お父様の名前を忘れてしまったの？　まあ、私は『侯爵』と呼ばずに、もっと彼の名前を日常的に口にすべきだったのかしら。ええ、あなたの父はオーシャン・カンナだわ」

侯爵夫人のどことなくズレた答えを聞いたことで、アレクシスはカンナ侯爵が実の父親だと信じることができたようだ。

顔を伏せたまま、ぐしっと涙を拭うような仕草をすると、ぽつりとつぶやいた。

「母上、お答えいただきありがとうございます。私はやっと、生きることを許されたような気持ちになりました」

「い、生きることを許された？」

息子のとんでもない言葉を聞いて、侯爵夫人はがたりと椅子から立ち上がったけれど、同時に地面にしゃがみ込んでいたアレクシスも勢いよく立ち上がった。

それから、真剣な表情で母を見上げる。

「母上、父上との血のつながりを確信した今、私ははっきりと言い切れます。私は間違いなく父上に似ています。そのため、父上は私以上の勘違いをしており、混乱して普段にない行動を取っているはずです。……もしも父上が他に恋人を持たれたらどうしますか？」

「えっ、オーシャン様が恋人を？」

言葉に出した瞬間、夫人の両目からぼたぼたと大粒の涙が零れ始めた。

「は、母上!?」

「か、悲しいわ」

「それはよく分かりました！　すみません、おかしな質問をして」

当然のことながらアレクシスに母親を泣かせるつもりはなかったようで、焦った様子で謝罪する。

そんな息子の謝罪を侯爵夫人は受け入れた後、理解を示す様子を見せた。

「いえ、いいのよ。それはあり得ることだわ。だってオーシャン様はあんなに素敵で優しくて立派なんだもの。誰もが彼の魅力に気付いて、好意を抱くわよね。一方の私は不出来だから、昨日も侯爵を怒らせてしまったし」

「いえ、母上、それは……」

今となっては、侯爵夫人が一切不貞を行っておらず、侯爵の怒りは勘違いによるものだとアレクシスにも理解できたため、彼は何と言っていいのか分からない様子で言葉を途切れさせる。

侯爵夫人はハンカチで涙を拭きながら、そんな息子に向かって言葉を続けた。

「アレクシス、私はあなたの髪色をとても綺麗だと思うわ。だけど、ごめんなさいね。カンナ侯爵家の者は赤い髪であることに誇りを持っているらしいの。だから、オーシャン様は赤い髪の子を産めなかった私にお怒りなのよ」

「え、昨日のはそんな話でしたっけ？　確かに、父上が口にされたのは、『結婚前の恋人が』とか、『音楽家が』といった短い言葉だけでしたが。ええっ、母上の解釈ではそうなるのですね！」

驚く様子のアレクシスに対して、侯爵夫人は小首を傾げた。

「解釈？　ええと、確かに私の推測が多分に混じっているけれど、オーシャン様は『音楽家が』と言っていたから、グンターと同じようにあなたが黄色い髪なのがお嫌なのだと思うの。きっと海の男は赤い髪が似合う、とのこだわりがあるのね。それに、これまで気付かなかったけれど、私が付けたあなたのミドルネームもオーシャン様は気に入らなかったみたいだわ。『二度とミドルネームを使うな！』とご立腹だったもの」

「それは……」

アレクシスの表情から、この母親であれば、悪気なく幼馴染の名前から息子のミドルネームを付けたのかもしれない、とどこかで納得している様子が伝わってくる。

幼馴染に対して恋心が全くないからこそ、純粋な気持ちで名前をもらったかもしれず、そうだとしたら今さらどうしようもないことを話して母親を悩ませても仕方がない、とアレクシスは唇を引き結んだ。

そんなアレクシスを見て、怒っていると思ったようで、侯爵夫人は恐る恐るテーブル越しに手を伸ばすと、息子の右手を取った。

それは久しぶりに夫人が息子に触れた瞬間で、夫人は驚いた様子で「やっぱりとっても綺麗だわ。汚さないようにしないと」とつぶやいていた。夫人は少しだけ感覚がズレているようだ。

それから、夫人はアレクシスの手をひっくり返すと、その甲に描かれている花を見つめる。

「この家紋の花も問題だったのだわ。カンナ侯爵家の子どもであれば、カンナの花が刻まれるべきだったのに、私の実家の花が刻まれているのだから」

「両親がともに貴族だった場合、母親の実家の花を引き継ぐことは稀にあることです！」

アレクシスはそうきっぱり言ったけれど、確かにカンナの花が刻まれていれば、侯爵が誤解をすることはなかったのかもしれない。

侯爵夫人は少しだけアレクシスの手を強く握ると、哀し気な表情で息子を見つめた。

「アレクシス、ごめんなさいね。私のせいでせっかくの10歳の誕生会が散々なものになってしまったわ」

アレクシスは母親の手をぎゅうっと強く握り返す。

「いえ、代わりに、こうして母上と話をすることができました。私にとってはその方が何倍も価値があります」

「あなたは優しいのね」

侯爵夫人はとても嬉しそうに微笑んだ。

そんな夫人を見て、アレクシスは頬を赤くする。

まだぎこちないけれど、アレクシスは母親と親子の仲を深めようとしているのだわ。

そう思って嬉しくなったけれど、アレクシスは照れくさいのか、ふいと顔を逸らすと話題を変えてきた。

「……話を戻しますが、父上は頭に血が上っていて、何をするか分からない状態です。このままではおかしな行動を取りかねませんので、早めに止めたほうがいいかと思います」

「でも、彼がやりたいことであれば……」

おずおずとカンナ侯爵のやりたいようにさせたいと口にする侯爵夫人を前に、アレクシスがもどかし気に確認する。

「母上はそれでいいのですか？」

アレクシスの言葉に、侯爵夫人はぐうっと喉を鳴らした。

「私はオーシャン様にとって押し付けられた花嫁だし、これ以上彼の邪魔をしたくないの」

「これ以上？」

意味が分からずに聞き返すアレクシスに、侯爵夫人はしょんぼりと頷いた。

「侯爵は……オーシャン様は元々次男だったの。だから、侯爵家を継ぐ予定はなく、自由に好きなことをやられていたし、私もオーシャン様のお兄様の婚約者だったわ。けれど、不慮の事故でお兄様が亡くなられてしまったから、仕方なくオーシャン様は夢を諦めて侯爵家を継ぎ、私を娶《めと》られたのよ」

「知りませんでした」

アレクシスにとって初耳の話だったようで、彼は驚愕した様子で目を見開いた。

そんな息子を慰めるかのように、侯爵夫人は沈んだ声を出す。

「いい話ではないから、誰もわざわざ話題にしなかったのでしょう。私と結婚するため、オーシャン様は恋人と別れたと聞いたわ。あの時、彼は夢と恋人を同時に失ったのよ。それなのに、彼は私にあなたを与えてくれたのだから、これ以上を望んだら罰が当たるわ」

アレクシスは歯がゆい様子でぎりりと奥歯を噛み締めたけれど、結局は母親の希望を尋ねた。

「母上はどうしたいんですか？」

「……私はオーシャン様の好きにしてほしいわ。離婚を望まれるなら受け入れるし、私を侯爵夫人のままにしてくれるのならば……そうね、先ほどサフィアさんに教えてもらった流行の最先端を追求していこうかしら。社交界で一目置かれる存在になって、カンナ侯爵家の名前を輝かしいものにすることができたら、オーシャン様のためになれるでしょうから」

その言葉を聞いて、現実世界においてカンナ侯爵夫人が社交界の華として君臨している理由が分かったように思う。

彼女が堂々とした姿で社交界に君臨する姿からは、権力と華やかさを望んでいるようにしか見えなかったけれど、実際の彼女は驚くほど純真で、夫のために家名を上げたかっただけなのだ。

「何てことだ！　ここまで誤解と行き違いが横行することなんてあり得るか!?」

アレクシスは今や顔面蒼白になって頭を抱えていた。

いつの間にか、自分の席に座っていた兄がスコーンを手に取ってパクリと口に入れる。

「私の見たところ、カンナ侯爵も誤解されやすいタイプだと思うぞ」

「は？」

全く想定外の言葉を聞いたとばかりに呆けるアレクシスに対し、兄はにやりとした笑みを浮かべた。

「アレクシス、父親と話をしてみろ。今受けた衝撃以上のものを味わえるかもしれないぞ」

51 カンナ侯爵の真実

しかしながら、侯爵と話をする機会はなかなか得られなかった。

カンナ侯爵が一切、侯爵邸に戻らなくなったからだ。

そればかりか、誕生会の翌日から、例の歌姫を伴ってレストランや劇場に顔を見せ始めたため、皆の噂に上るようになった。

さらには、レストランでカンナ侯爵が歌姫の前に跪いて、大きな薔薇《ばら》の花束を捧げたとのことで、貴族たちはその噂で持ち切りになった。

「誕生会から4日が経ってしまったぞ！　明日までには現実世界に戻らないといけないのに!!」

アレクシスの私室で、ジョシュア少年が腹立たし気な声を漏らす。

返事ができずに無言でジョシュア少年を見つめると、代わりに兄が口を開いた。

「ふうむ、だとしたら、こちらからカンナ侯爵を訪ねていくとしようか。日一日と侯爵夫人の元気がなくなっていく様子を、これ以上見ているのは忍びないからな」

侯爵が自宅に戻ってこない以上やることがないので、兄とアレクシス、ジョシュア少年、私の4

人は、毎日侯爵夫人とお茶を飲む茶飲み友達になっていた。

そして、侯爵夫人と何度も話をすることで、夫人がものすごくピュアで、天然で、夫が大好きなことに気付かされた。

その夫人は夫が侯爵邸に戻らないことに胸を痛めており、目に見えて元気がなくなっていた。

そのため、私たちの全員が侯爵夫人をこのままにはしておけないということで一致し、兄とジョシュア少年は侯爵の予定を調べるために部屋を出ていった。

2人を待っている間、このところずっと疑問に思っていたことをアレクシスにぶつけてみる。

「アレクシス、あなたは一体どうやったら、あれほどお優しい侯爵夫人を誤解できたの？」

心底不思議に思って尋ねると、彼はどん底まで落ち込んだような顔をした。

「それは私が、人の心が分からない、どうしようもない人間だったからだ。母上がこんな風に尋ねれば何だって答えてくれるお人柄だとは思いもしなかった。だから、これまでの私は何一つ尋ねることなく、母上が作り上げた高貴で隙のない高位貴族のご夫人、という姿を本質だと信じ込んでいたのだ」

実際には、『高貴で隙のない高位貴族のご夫人』という姿は、孤島出身であることにひけ目を感じている侯爵夫人が、必死で作り上げた見せかけの姿だったのだけれど、それを夫人の真実の姿だと勘違いしてしまったらしい。

そのせいでこんなに盛大にすれ違ってしまったのね、と思いながら私はため息をつく。

「カンナ侯爵がアレクシスに似ていないことを祈っているわ」

「残念ながら、先日も言ったように私と父はよく似ている」

アレクシスの言葉を聞いて、私は降参するかのように両手を上げた。

「そうだったわね。だからこそ、侯爵は連日、歌姫と出歩いているし、人々の噂になっているのよね。侯爵の誤解を解くのは、一筋縄ではいかなそうだわ」

頑張りましょうね、という気持ちを込めてアレクシスを見つめると、彼は考える様子で口を開く。

「私は母に愛されたいと願っていた。しかし、真実は私の願いと真逆のように思われたから、臆病風に吹かれて母に尋ねることができなかった。一方、父がはっきりと母に問い質さない理由は分からない。プライドが邪魔をしているのか、どうでもいいと思っているから尋ねないだけなのか。……その結果、父は自分が見たものだけで判断してしまい、母が不貞をしていると決めつけてしまった」

「そのことなんだけど、カンナ侯爵は侯爵夫人のことがお好きで、嫉妬したんじゃないかしら？」

というか、ゲームの設定通りだとしたら、カンナ侯爵は侯爵夫人を大好きなはずだ。

話を聞いている限り、侯爵はやきもちを焼いているようだから、やっぱり夫人のことをお好きなのじゃないかしら、と考えての発言だったけれど、アレクシスは顔を強張らせた。

「それはあり得ない！」

激しい調子で否定するアレクシスを見て、うーん、確かにアレクシスとカンナ侯爵は似ているみたいねと思う。

カンナ侯爵が侯爵夫人の気持ちを信じないように、アレクシスはなぜだか頑なにカンナ侯爵が侯爵夫人を想っているとは認めないんだから、自分の思い込みを信じるタイプだわ。

「どうしてアレクシスは、カンナ侯爵が侯爵夫人を好きではないと思うの？」

理由を尋ねると、アレクシスはしばらく迷う様子を見せた後、言いづらそうに口を開いた。

「……これは現実世界での話だが、最近、父の恋人が子どもを身籠もったと聞いたのだ。恐らく、父は出自を疑っている私ではなく、新たに生まれてくる子どもに侯爵家を継がせたいと考えているはずだ。ただし、婚外子は跡取りにできないから、子どもが生まれる前に母と別れて、子どもの母親と結婚するだろう。母が好きならば、そのような選択はしない！」

そう言えば、『陰の魔の★地帯《バルシュミースター》』と呼ばれる例の島で、サフィアお兄様が同じことを内緒話として教えてくれたのだった。

『カンナ侯爵について、アレクシス師団長は噂を仕入れてきたようで、昨日の晩餐の席で苦悩していた。「父上はいつか、外に子どもを作るだろうと思っていた。しかし、その場合、婚外子は跡取りにできないから、子どもが生まれる前に母上と別れて、子どもの母親と結婚するはずだ。……父上の恋人の一人が身籠もったと聞いたから、その時が来たのだ」とね。本人はぐでんぐでんに酔っていたから、発言内容を覚えていないだろうが』

兄はアレクシスと2人で食事をした際、彼から秘密を打ち明けられたと説明してくれたので、私はこの内緒話を知らないことになっている。

だから、初耳の振りをしておくのだけれど、そもそもアレクシスに義理のきょうだいができるという展開はゲームの中になかった。

既にこの世界の流れは、ゲームの中のアレクシスルートのストーリーと異なってきているから、未来が大きく変わることだってあり得るけれど、中庭でこっそり侯爵夫人を盗み見していた侯爵の様子を見る限り、侯爵は夫人にご執心のはずだ。

「それは信用の置ける話なの？　子どもを身籠もられたというカンナ侯爵のお相手は、一体どなたなの？」

疑わしいと思いながら尋ねると、アレクシスはふるふると首を横に振った。

「相手が誰かまでは分からなかった。しかし、子爵家の娘で、父とは長い間懇意にしているとの話だった」

あら、待って。私はつい最近、同じような話を聞いたわよ。

「それは、この間お兄様が言っていた歌姫のことじゃないかしら？　ほら、歌姫は子爵家の娘で、領地が隣同士だったから、幼い頃からカンナ侯爵と一緒に遊ぶ仲だったたって言っていたじゃない。歌姫だったら、噂のご令嬢の条件に全て当てはまるわよ」

「……確かにそうだな」

アレクシスが驚いた様子で頷いたので、私はさらに言い募る。

「ジョシュア師団長が歌姫と話をした時の印象によると、歌姫はカンナ侯爵に懸想している様子だったらしいわよね。そうだとしたら、歌姫がお友達に自分の願望を話して、それらの内容が独り歩きしているとか、そんな可能性は考えられないかしら」

「しかし、私が噂話を聞いたのは高位貴族専用のクラブだ。あそこに出回る情報は真実ばかりだ」

そうは言っても、噂の相手も特定されていないような情報じゃあ、信用度に欠けるわよね。

「アレクシス、あの時、サフィアお兄様は言っていたわよね。『カンナ侯爵は数少ない高位貴族の一人だ。彼ほどの有名人であれば、妻以外の恋人がいれば必ず発覚する。しかし、恋人の噂は多々あるが、具体的な相手が出てきたことは1度もない。世の中に出回る噂の大半は事実無根の虚偽なのだ』って。具体的な相手も特定されないような噂ならば、事実無根の虚偽じゃないかしら」

「しかし」

兄の言葉を持ち出すと、アレクシスは迷う様子を見せた。

兄の言葉を信じたいけれど、信じ切れない様子のアレクシスを見て、私は言葉を続ける。

「お兄様はこうも言っていたわ。『感覚的なものなので根拠はないが、歌姫に会って話をしたことで、侯爵は夫人を裏切っていないのではないかという気になった』って。それから、『しっかりと君自身の目で見極めるのだ。何が真実で、何が虚偽なのかを』って。あなたは未来を変えるために、この過去世界に来たのでしょう？　噂を鵜呑みにするのではなく、自分の目で確認するのよ！」

「そう……だな。現状を把握し、誤解を正し、両親の不和を解消するために、私は来たのだった」

自分に言い聞かせるように言葉を紡ぐアレクシスは、父親から『妻よりも好きな女性がいる』と決定的な言葉を聞くのを恐れているように見えた。

そのため、私はぎゅうっと彼の手を握りしめると、はっきりと約束する。

「アレクシス、私がずっと一緒にいるわ。そして、どんな結果だとしても、一緒に受け止めるから」

「ルチアーナ……」

体が子どもに戻ったことで心が弱くなっているのか、アレクシスは目を潤ませると、こてりと私の肩に額を乗せた。

「ありがとう、君が一緒にいてくれると勇気が出るよ」

「それならば、私はあなたの側から離れないわ」

きっぱりとそう言った後、私はアレクシスの頭をよしよしと撫でる。

「カンナ侯爵が私たちの話を聞いて、信じてくれるといいわね」

慰めるようにそう言うと、アレクシスは顔を上げて考える様子を見せた。

「恐らく、父は母自身の口から聞かない限り信じないと思う。というよりも、母以外の言葉には耳を傾けないだろう。私は……ルチアーナの言葉を信じることができたが、父にはそんな存在がいないから」

そう言われたことで、ふとカンナ侯爵邸の中庭で、音楽家に縋りつかれていた侯爵夫人を見て真っ青になっていたアレクシスを思い出す。

あの時、彼は夫人が侯爵を裏切っていると思い込んでいた。

けれど、それは間違いだとアレクシスに何度も言い聞かせたことで、彼は少しずつ私の言葉を受け入れるようになり、最終的には母親に父親をどう思っているのかと尋ねることができたのだ。

「アレクシスが私の言葉を信じてくれるようになって嬉しいわ」

素直な気持ちを言葉にすると、アレクシスは頰を赤くした。

「それは、ルチアーナが子どもの私に真剣に向き合ってくれたからだよ。以前、私は言ったよね。『子どもというのは騒がしいし、要求が多いし、役に立たない存在だから、両親からも、皆からも邪険にされるし、ちやほやされるのは大人になってからだ』って」

「ええ」

確かに、そう言っていたわね。

「自分では気付いていなかったが、私はずっとそのことが不満だったんだ。だから、ルチアーナが私をきちんと1人の人間として扱ってくれ、思いやってくれ、認めてくれたことで満たされたんだよ。まあ、『陰の魔の★地帯《バルシュミースター》』と呼ばれる島では、君に砂の上に引き倒されたんだったが」

ううーん、最後の一言は余計じゃないかしら。

そう思って顔をしかめたけれど、もしかしたらアレクシスの照れ隠しだったのかもしれない。

なぜなら彼は、気恥ずかしいとでもいうかのように片手で目元を覆ったのだから。

そんなアレクシスを見て、可愛らしいわねと私は微笑んだのだった。

◇　◇　◇

「あの島で子どもらしいことをいくつも体験してみて分かった。あれらの全ては私に必要だったんだと。私は両親の不和を解消するために過去世界に来たと思っていたが……もしかしたらルチアーナに甘やかされるために来たのかもしれない」

アレクシスの言葉は私にとって非常に嬉しいものだったため、彼の頭をよしよしと撫でた。

アレクシスは目元を押さえていた手を下ろすと、満足そうに目を細める。

「……ルチアーナに撫でられるのは気持ちがいいな」

アレクシスは満足した猫のような表情を浮かべると、目を上げて私を見つめた。

「ありがとう、ルチアーナ。何度も何度も親身になって対応してもらったから、私は君を信用し、その言葉を信じられるようになった。しかし、私にとっての君のような存在は、父にいないはずだ。だから、当事者である母の言葉以外は、聞くに値しないと耳を傾けないだろう」

ああー、いかにも高位貴族らしい対応ね。

「父が嫉妬をしたという君の推測は疑わしいが、長年の父の行動に説明できないものが一つあるんだ。父はプライドが高い。それなのに、生まれてきた私の髪色を見て、裏切られたに違いないと思いながらも、母を尊重してきたのは一体どういうことなのだろうとね。その理由が母への好意というのは、夢を見過ぎている気がするが、……正しい理由をきちんと追求しようと思う」

そうね、ゲームの中では生まれてきてすぐにカンナ侯爵夫妻は不仲になったのだから、その部分は私も不思議に思っていたわ。

「ただ、今回の父は目の前で堂々と母に裏切られたと感じているから、さすがにこれまで通りとはいかないだろう」

「裏切られたって……夫人は裏切っていないわよ」

アレクシスの言葉に引っ掛かりを覚えて訂正すると、彼は理解を示すように頷いた。

「分かっている。母がいいと思った曲をオルゴールにして私に贈ってくれただけで、母に他意がないことは。しかし、それでも母に懸想している音楽家の曲というだけで、父には裏切りだと映るはずだ。狭量な考えであることは分かっているが、私には父の気持ちが分かるんだ」

私はそうじゃないと首を横に振る。

「だから、それが間違っているのよ。この間、音楽家のグンターが作った曲と、たまたま最初の4小節だけが一致したって言ったじゃない。あの曲を作ったのはグンターじゃないわ、カンナ侯爵よ」

アレクシスは目を丸くした。

「は？　そんな馬鹿な！　父上は貴族であって音楽家ではないから、曲を作ったりしない。もしも何かの気まぐれで父上が曲を作ったとしても、自分が作った曲を覚えていないなんてことがあるはずない!!」

「それはそうなのよね」

どうして侯爵は自分の曲だと気付かなかったのかしら。

この謎を解かない限り、同じことの繰り返しになる気がするわと首を傾げていると、兄とジョシュア少年が戻ってきた。

そのため、アレクシスとの会話を終了させると、色々と聞き回ってくれたであろう2人のために紅茶を淹れる。

すると、ジョシュア少年が私の隣に座り、美味しそうに紅茶を飲み始めた。

さらさらの藤色の髪の美少年が行儀よく紅茶を飲む姿はとっても可愛らしかったため、思わず笑みが零れる。

「ルチアーナ嬢……」

ジョシュア少年の困惑した声が響いたため、私ははっとして自分の右手を見つめた。

その時初めて、無意識のうちにジョシュア少年の頭を撫でていたことに気が付き、反対の手で撫でていた右手をぎゅっと押さえ込む。

「す、すみません！　あまりに可愛らしかったのでつい」

言い訳にもならない言葉を口にすると、ジョシュア少年は複雑そうな表情で首を横に振った。

「いや、あなたに撫でてもらうこと自体は嬉しいのだが、可愛らしいと表現されるのは27歳の男性としていかがなものかと……それとも、8歳だから問題ないのか？」

考え込む様子のジョシュア少年を横目に、アレクシスが頬を膨らませる。

「ルチアーナは今まで私の面倒を見てくれていたのに、もうジョシュアに目移りしたんだ。意外と浮気性だよね」

「う、浮気性!? わた、私が??」

私に絶対に当てはまらない単語を使われ、動揺のあまり声が裏返ってしまう。

いやいや、そもそも浮気をするには、本命と浮気相手の2人の男性が必要よね。

アレクシスは何を見て、私が同時に2人の男性から相手にされると思ったのかしら。

私がやったのは、十歳児と話をすることと、八歳児の頭を撫でることだけなのに。

「ルチアーナ、お前が心の中で考えていることが分かるような気がするが、お前が相手にしているのは29歳と27歳の立派な成人男性だからな」

兄がしかつめらしい表情で注意をしてくる。

「現実世界に戻ったらですね」

当然の答えを返すと、兄は呆れた様子で肩を竦めた。

「その現実世界に戻った際、ここで経験した記憶はそのまま残るのだから、見せかけの姿に騙されるものではないと思うがな。まあいい、集めた情報によると、どうやら今夜、カンナ侯爵は7番街にあるギタークラブに姿を見せるらしい。侯爵夫人を連れて、皆で乗り込むぞ」

「分かりました! とうとう決戦の時ですね!!」

さすが、お兄様。いつもながら情報収集能力に長けているわ。

戦いに行くような高ぶった気持ちで返事をすると、兄は複雑そうな表情を浮かべた。

「直接対決できればいいが、侯爵が素直に話を聞いてくれるかどうかは分からないな。これまであれば、どれほど遅くなっても自宅に戻ってきていた侯爵が、連日侯爵邸に戻ってこないのだから、よほど感情的に高ぶっているのだろう」

そうなのだ。カンナ侯爵は夫人のことになると冷静さを失うところがあるみたいだから、どんな行動に出るのか予測できないのよね。

うーん、侯爵は夫人が浮気をしたと思い込んでいるから、破れかぶれの気持ちになって、おかしなことをしでかさなければいいのだけど。

嫌な予感を覚えていると、アレクシスが生真面目な表情で兄に宣言する。

「私が過去世界に来たのは、両親の関係を変えるためだ！　後悔が残らないように、やるだけのことはやってみせる」

まあ、さすがアレクシス。10歳なのにとっても立派だわ。

母親の気持ちになってじんとしていると、続けて8歳のジョシュア少年も綺麗な瞳をきらりと輝かせた。

「カンナ侯爵夫人のように善良な方が、不幸になるのを黙って見ているのは、紳士の風上にも置けない所業だ。私も紳士としてご婦人をお助けしよう」

まあ、アレクシスよりもさらに幼いジョシュア少年が、いっぱしの紳士のようなことを言うなんて、何て素晴らしいのかしら。

この2人に続いて、成人している兄はどんなすごいことを言うのかしらと期待していると、兄はにやりと微笑みながら口を開いた。

「うむ、何と言っても私たちにはルチアーナが付いているからな。このように能天気で楽天的な者こそが、とんでもない幸運を引き寄せるのだ。妹が一緒にいる限り、大船に乗ったつもりで安心することにしよう」

うーん、兄の言葉はどうなのかしら。

私を褒めているような気もするけど、それ以上に貶《けな》されているわよね。

そうは思ったものの、兄の一言でアレクシスの緊張が少しほぐれた様子だったので、まあいいかと見逃すことにする。

それから、アレクシスの両親の関係性が改善されるかどうかは今夜に懸かっているのだから、上手くいきますように、と心の中で祈ったのだった。

その後、私たちは侯爵夫人に声を掛けると、皆でクラブに相応しい服に着替えて夜になるのを待った。

そして、月が輝く時間帯になった頃、私たちはカンナ侯爵夫人とともにギタークラブを訪れたのだった。

◇　◇　◇

「まあ、こんな場所があるなんて知らなかったわ」

兄の案内に従い、ギタークラブに足を踏み入れた侯爵夫人は、好奇心旺盛な様子できらきらと目を輝かせた。

このお店は侯爵夫人が普段利用するお店とは趣が異なっているため、夫人には物珍しいのだろうな、と思いながら室内を見回す。

案内されたのは天井が高く広い部屋で、雰囲気を出すために明るさが抑えられていた。

部屋の一角にはお酒を提供するスペースが用意されており、それ以外の場所には観客のためのテーブルや椅子、ソファが置いてある。

さらに店の一番奥には他の場所よりも一段高くなった演奏用スペースがあり、数本のギターが壁に立てかけてあった。

クラブには既に何組かのお客が入っていて、お酒を飲んでいる様子だったけれど、どのペアもお忍びの紳士と秘密の恋人の組み合わせのように見えた。

うーん、何だかいかがわしいお店に見えるのは、私の感性の問題かしら。

でも、何かあった場合、私が子どもたちを守らなければいけないから、気を抜いてはいけないわ、とアレクシスとジョシュア少年の手を左右それぞれの手でぎゅっと握る。

「目立たない場所がいい」と兄が希望を伝えたところ、クラブの店員は舞台から見て後方の壁際の席に案内してくれた。

確かにここならあまり人目を気にしなくてよさそうね、とテーブルに置いてあるメニューを手に取る。

通常の3倍もするドリンクの値段を見て目をむいたけれど、2人の子どもがアルコールを注文しようとしたので正気に戻り、慌ててオレンジジュースを2杯頼んだ。

「これでも27歳なのだが」

「私なんて29歳だぞ。ジュースなんて、成人してから1度も飲んだ覚えがない」

ぶつぶつと文句を言う子どもたちに、何を言っているの、8歳と10歳でしょうと睨みつける。

「文句があるのならお水でもいいのよ。何と言ってもタダだし」

そう言うと、2人はやっと静かになった。

しばらくすると時間になったようで、演奏家がやってきてギターを演奏し始めた。

侯爵夫人はお抱えの音楽家がいることもあって音楽が好きなようで、熱心に聞き入っている。

3人ほど演奏家が入れ替わったところで、兄がステージを見たまま口を開いた。

「やあ、カンナ侯爵が現れたようだぞ」

兄は1度も後ろを振り返っていないのに、どうやって後方の扉から入ってきた侯爵に気付いたのかしら、と不思議に思ったけれど、尋ねてもきっと『魔力の波長』といった常人には分からない説明をされることが目に見えていたため頷くに留める。

人目に付かない場所を選んだ私たちとは違って、カンナ侯爵は目立つことに躊躇いがないようで、最前列に置かれたソファに腰を下ろした。

けれど、残念なことに彼は1人ではなかった。

というか、最悪だった。同じ室内にカンナ侯爵夫人がいるというのに、カンナ侯爵は噂の歌姫を同伴してきたのだから。

しかも、歌姫は布地が少ない衣装を着用していて、半分ほど見えている胸を侯爵に押し付けている。

それなのに、侯爵は歌姫を押しのけるでもなく、されるがままになっているのだからアウトだろう。

なるほど、カンナ侯爵夫人の真実は、『純真で無邪気な良い方』だった。

一方、カンナ侯爵の真実は、『軽薄で浮気性の悪い方』のようだ。

52 真実を明かす魔法と魔術

最前列に座り、歌姫と仲睦まじい様子を見せるカンナ侯爵は、悔しいことに男前だった。日に焼けた肌に派手な深紅の髪がさらさらとかかり、精悍な顔つきを引き立てている。

侯爵は30歳を少し過ぎたくらいの渋みが出始めた年齢のようで、ちょっとした動作の一つ一つが自信に満ち溢れていた。

「くー、遊び人が男前だと腹が立つわね。自分がモテることを分かっていて、好き勝手なことをやっているからムカムカするのかしら」

手に持ったナプキンを両手でぎゅうっと絞っていると、隣のテーブルから苛立ったような声が聞こえてきた。

「お客さん、注文はまだですか？　お客さん？」

思わず視線をやると、2人連れのお客のうちの1人である活発そうな女性が、申し訳なさそうな表情で隣に座る男性を指さしていた。

「ああ、ごめんねー。彼はこの国の言葉が分からなくて」

女性の言葉を聞いて、ウェイターが驚いたように目を見張る。

「えっ、でもこの国の者らしい顔立ちをしていますよ」

「ああ、そう。彼の生まれはこの国だし、10歳までは住んでいたんだけど、その後の10年間は隣国暮らしだったのよ。10年も話さないと、母国語だって忘れちゃうみたいね」

「えっ！」

驚きのあまり、盗み聞きしていたにもかかわらず声が零れる。

でも、考えてみたらそういうものかもしれない。

長年聞くことも話すこともなければ、たとえ母国語だとしても忘れてしまうのだろう、と考えたところではっとする。

あっ、ということは、もしかしたら自分が作った曲だって、長年聞くことがなければ忘れてしまうのかもしれない。

どうしよう、侯爵に色々と説明しても上手くいかなかった場合、最終手段としてオルゴールの曲を聞かせようと考えていたのだ。

そうすれば、カンナ侯爵はオルゴールの曲を自分が作った曲だと思い出し、めでたしめでたしのハッピーエンドだわと期待していたのだけれど、そんなに上手くいかないのかもしれない。

人間は長年使わなければ母国語ですら忘れてしまうのであれば、果たして11年ぶりに聞いた曲が自作の曲だと思い出すものかしら。

ううう、先日、カンナ侯爵はオルゴールの曲の冒頭4小節を聞いたけど、ピンともきていない様子だったわよね。ということは、無理じゃないかしら？

あの時は、どうして自分の曲なのに気付かないのかしらと不思議に思っていたけれど、もしかしたらカンナ侯爵は既に自分が作った曲自体を忘れているのかもしれない。

ああー、どうしよう。このまま放っておいてもすれ違うだけだし、カンナ侯爵はさらなる暴走をしそうだから、少しでも早く誤解を解きたいのに。

兄も同じように考えたようで、決断を促すように侯爵夫人を見つめた。

そんな兄の視線の先で、侯爵夫人はぎゅっと両手を握りしめたのだった。

◇　◇　◇

このクラブに来るにあたり、侯爵夫人と事前に打ち合わせをしていた。

その際、カンナ侯爵は夫人が浮気をしたと誤解していて、自暴自棄になっていると説明し、常にない言動をするだろうけれど、気にしないようにと夫人に伝えた。

侯爵夫人は既にどこからか歌姫のことを聞き及んでいたようで、気落ちした様子を見せたけれど、私たちの心配する視線を感じ取ると、慌てて微笑みを浮かべた。

それから、アレクシスを見て勇気づけるように頷いた。

「私はアレクシスの母親だから、あなたを幸せにしなきゃいけないわ。だから、あなたの優しいお父様を取り戻してくるわね」

勇ましいことを言っているけれど、言葉から想像される内容とは異なり、侯爵に歌姫と別れるように言うつもりはこれっぽっちもないのだろう。

きっと気の弱い侯爵夫人の発言の意図は、全く家に帰らなくなったカンナ侯爵に家に戻ってくるようにと伝えることしか含まれていないのだ。

そんな侯爵夫人は、緊張した様子ながらも決意した表情を浮かべると、オルゴールを持って立ち上がった。

兄が力づけるように侯爵夫人に腕を差し出すと、夫人はオルゴールを持っていない方の手を兄の腕に手を掛け、一緒に侯爵の下まで歩いていく。

私もアレクシスとジョシュア少年とともに、2人の後に付いていった。

カンナ侯爵はすぐに近づいてくる私たちに気付いたようで、侯爵夫人を目にするとあからさまに顔を強張らせた。

そんな侯爵の表情には気付かない振りをして、兄が柔和な表情で自己紹介をする。

「なるほど、新たなお抱えの音楽家か！」

兄の自己紹介を聞いた侯爵が、不快そうに吐き捨てた。

兄は自分を音楽家だと自己紹介したので、どうやら侯爵夫人が兄のパトロンになったのだと勘違いされたらしい。

全くの誤解だと言うのに、兄が（設定上）ウィステリア公爵家お抱えの音楽家だと訂正する間もなく、侯爵は激した様子で言葉を重ねた。

「今度のは、若くていやに綺麗な顔をしているな！　はっ、君の好みには一貫性がないようだ。男なら誰でもいいのじゃないか⁉」

主語がないため、お抱え音楽家の話をしていると解釈できないこともないけれど、きっと侯爵は異なる話題について話をしているのだろう。

兄は侯爵の嫌味をスルーすると、笑みを浮かべたまま「立ち話も何ですので」と、夫人とともに侯爵と同じテーブルにつく。

私は子どもたちとともに隣のテーブルについた。

カンナ侯爵はイライラしていて、長々と話に付き合ってくれそうな雰囲気ではなかったため、兄は席に座るとすぐに話を切り出す。

「侯爵、少し話をさせてもらってよろしいですか。単刀直入に言いますが、侯爵は誤解されています。侯爵夫人は純粋に音楽を愛しており、その一環で音楽家を支援しているのであって、それ以外の意図は一切ありません」

兄はどこまでもにこやかに話をしているというのに、侯爵は喧嘩腰で、腹立たし気に隣に座る歌姫の肩を抱いた。

「そうか、私もこちらにいる歌姫を支援しているが、下心を持っているので、どうしても自分を基準にしてしまうようだ！　実際に、多くの人間は私と同じだと思うがね」

その言葉を聞いた瞬間、侯爵夫人の表情が曇るとともに、気になる様子で歌姫の肩を抱く侯爵の手をちらちらと何度も見つめる。

その様子を、歌姫はとても楽しい出し物であるかのように、にやにやとした表情を浮かべて見ていた。

それから、勝ち誇った表情を浮かべると、侯爵にしなだれかかる。

うう～ん、ジョシュア少年は歌姫が侯爵に懸想している様子だったと言っていたけれど、よく考えたら彼は恋愛音痴だったわ。

だから、その言葉に信憑性があるかどうかは怪しいところよね。

実際に歌姫はカンナ侯爵に懸想しているのかもしれないけれど、それ以上に侯爵夫人に勝ち誇りたいように見えるもの。

多分、歌姫が侯爵と一緒にいるのは、恋心ではなく打算と虚栄心が理由だわ。

何にせよ、カンナ侯爵のセリフと態度が0点であることは間違いない。

そして、こんな雰囲気の中では、侯爵夫人は萎縮してしまって言葉を発することもできないに違いない。

そう考えた私は、隣に座るアレクシスを見下ろす。

さあ、アレクシス、今こそあなたがカンナ侯爵と対決する時よ、と考えながら。

すると、私の意図を正確に理解したアレクシスが決意した表情で立ち上がり、父親の前まで歩いていった。

「父上」

カンナ侯爵はそれまで息子の存在に気付いていなかったようで、アレクシスを見て驚きの声を上げる。

「アレクシス、一体何をやっているんだ！　ここは子どもが来るような店ではないぞ」

「それでは、父上が来るような店なのですか？　母上以外の女性を同伴して？」

うわあ、さすがは海上魔術師団長ね。その気になったら鋭い嫌味を言えるのだわ。

侯爵はぐっと言葉に詰まると、荒っぽい声で息子を叱責した。

「子どもが口を出す話ではない！　お前は侯爵邸に戻るのだ」

激した口調で叱り出す侯爵を前に、アレクシスはしょんぼりと肩を落とす。

「父上がここ数日の間、侯爵邸にお戻りにならないので、私と母上は心配して様子を見に来たのです。母上は心配のあまり、このところ食事もほとんど取られていないのですよ」

まあ、アレクシスは子どもであることを利用して、わざと弱々しい姿を見せているわよ。

出会い頭には侯爵をがつんと殴りつける言葉を発しておいて、すぐに弱々しい姿で情に訴えてくるなんて、この海上魔術師団長は手管《てくだ》に長けているわね。

そして、父親のカンナ侯爵はまんまとアレクシスの演技に騙されたようで、はっとした様子で夫人に視線を走らせた。

そこで初めて侯爵夫人が痩《や》せたことに気付いたらしく、心配そうに眉を下げる。

「レイア、食事は取りなさい。そうだ、君の好きなフルーツを島から取り寄せよう。あれならば、体調にかかわらず食べられるはずだ」

レイアというのはカンナ侯爵夫人の名前だ。

息子の言葉を聞いたカンナ侯爵はすぐに夫人を気に掛ける様子を見せたので、どうやらまだ侯爵夫人を心配する気持ちが残っているようねと、侯爵の評価を0点から3点に上げる。

「あの……侯爵、話がしたいんです」

カンナ侯爵夫人は深紅の布に包まれたオルゴールを持つ手に力を込めると、縋るように侯爵を見上げた。

夫人はいつだって理路整然と心情を語ってくれたため、非常に明晰な女性であることは間違いない。

けれど、カンナ侯爵を前にすると、なかなか言葉が出てこないようだ。

事前の打ち合わせでは、まず侯爵が誤解しているだろう内容を侯爵夫人が正すところから始めようと話し合っていたのに、一言も発することなく震えているのだから。

そんな侯爵夫人を目にしたカンナ侯爵は、聞きたくもない事実を告白されると思ったらしい。

侯爵は青ざめた顔を歪めると、わざとらしく歌姫の腕を撫でた。

「君は気付いてないようだが、私は今、連れと楽しんでいる最中だ。無粋な話で邪魔をしないでもらおうか」

あああ、せっかく3点に上がった侯爵の評価が0点に逆戻りだわ。

侯爵の一言で、カンナ侯爵夫人の勇気はしぼんでしまったようで、夫人はしょんぼりと俯いた。

代わりにアレクシスが、核心的な質問を口にする。

「私たちは大事な話をしに来たのです。そのために、私たちにとって不釣り合いなこの店に足を踏み入れ、父上の許を訪れました。そんな私と母上よりも、父上にとってその女性の方が大事だということですか？　そうであれば、私たちは速やかにお暇《いとま》し、今後は二度と父上の貴重な時間をちょうだいすることはいたしません」

アレクシスは流暢に言葉を紡いだけれど、彼がこの言葉を発するにあたって、多くの緊張と葛藤を乗り越えてきたことを知っていた。

そのため、私は今すぐアレクシスの頭を撫で、褒めたい気持ちになる。

よくやったわ、アレクシス！

そして、そんな最後通牒《つうちょう》のようなアレクシスの言葉はカンナ侯爵に効いたようで、侯爵はぐうっと変な声を出すと侯爵夫人に顔を向けた。

「レイア、話とは何だ！　手短にしてくれ」

カンナ侯爵の口調と表情は夫人にとって強過ぎたようで、夫人は言葉を発することが難しい様子で硬直していた。

それから、夫人は助けを求めるように兄を見上げる。

兄は安心させるように侯爵夫人に微笑みかけると、夫人にオルゴールを抱えさせたまま、それを包んでいる布を開いて、中にあるものを明らかにした。

「このオルゴールの曲ですが……」

そう言って、兄が例のオルゴールを示すと、侯爵は蛇蝎を見るような目で夫人が大事そうに抱えるオルゴールを見つめる。

それから、ぐいっと目の前のお酒を呷《あお》ると、どんと音を立ててグラスをテーブルに置いた。

「なぜ私が妻の愛人の言葉を聞かなければならないのだ！　私に言いたいことがあるのならば、妻が話をすべきだろう!!」

侯爵の言葉を聞いた夫人はびくりと体を跳ねさせると、緊張した様子で口を開く。

「こ、侯爵、このオルゴールの曲を聞いてください」

どうやら侯爵夫人にとって、恐ろしい雰囲気の侯爵に言葉で説明することは難しいようで、オルゴールを聞かせることで説明に変えようとしたらしい。

けれど、途端に侯爵は不機嫌な様子で唇を歪める。

「君の崇拝者が君を想って作った曲を、私に聞かせようと言うのか？」

「……す、崇拝者ではありませんし、私を想って作ってくれたかは分かりません。けれど、私にとっては何よりも大事な曲なんです」

侯爵夫人が思い浮かべているのは、間違いなくカンナ侯爵のことだろう。

頬を染めた侯爵夫人はそれはそれは愛らしかったけれど、侯爵には曲の作成者である音楽家を想っているように見えたようで、もう一度腹立たし気にグラスをテーブルに置く。

それから、見せつけるように隣に座った歌姫の腰を引き寄せた。

歌姫がはしゃいだ声を上げながら、倒れ込むかのように勢いを付けて侯爵に密着したけれど、侯爵はそのまま彼女の腰を抱き続けている。

そんな侯爵を見て、歌姫がおかしそうな表情で侯爵の胸をつついたけれど、それでも侯爵はされるがままになっていた。

ああー、アレクシスがチャンスを作り、気の弱い侯爵夫人が思い切って言葉にしたというのに、歌姫とイチャイチャしている侯爵の評価はマイナス3万点だわ。

2人が密着する様子を見た侯爵夫人の顔から表情が削《そ》げ落ちる。

侯爵夫人の人柄を知っている私には、夫人が必死で涙をこらえるあまり表情が消えたことが分かったけれど、侯爵には彼に関心がないように見えたようだ。

「はっ、相変わらず私に関心がない！」

侯爵は低い声でつぶやくと、憎々し気に夫人を睨みつけた。

「アレクシスが生まれて以降、息子の髪色について色々と取りざたされていることは知っていた！　私の子ではないかもしれないと思ったが、……息子を抱いた君があまりにも幸せそうに微笑んでいたから、1度の過ちであれば見逃そうと思ったさ！　その結果、10年もの間ズルズルとここまできてしまったが、君の多情さは変わらなかったというわけだ!!」

カンナ侯爵の言葉を聞いて、ああ、この世界の侯爵はゲームの中の侯爵よりも夫人のことが好きなのねと思う。

ゲームの中では、カンナ侯爵夫妻はアレクシスが生まれてすぐに不仲になっていたから、不仲になる時期にズレがあることをずっと不思議に思っていた。

まさかその理由が、子どもを抱いた侯爵夫人が幸せそうに微笑んでいたことだなんて、夢にも思わなかった。

恐らく、侯爵は夫人の幸せを奪いたくなくて、裏切られたかもしれないという疑いを呑み込むことにしたのだ。つまり、侯爵はよっぽど侯爵夫人のことが好きなのだろう。

だからこそ、侯爵は夫人の裏切りを許せないに違いない。

そんなカンナ侯爵は夫人の発言を待つ様子を見せたけれど、夫人は真っ青になってはくはくと口を動かすだけで、言葉が発せられることはなかった。

思ってもみないことを言われた衝撃で、言葉が出ないのだろう。

けれど、そのことを理解していない侯爵は夫人にしびれを切らしたようで、兄に視線を移す。

「音楽家！　私は君たちと違って暇ではない！　しかし、このまま君たちを帰せば寝覚めが悪いから、チャンスを与えよう。君が私の心に響くような音楽を演奏できたならば、妻の望みに応えると。ほら、ステージはそこだ！」

◇　◇　◇

どうやらカンナ侯爵は、侯爵夫人の周りにいる全ての男性が気に入らないようだ。

恐らく、侯爵は顔が整った兄のことを音楽家だとは信じていなくて、人前で恥をかかせようとしているのだ。

侯爵の推測通り、実際に兄は音楽家ではないし、兄のことだから侯爵の意図は分かっているだろうに、兄は普段通りの表情で私に向かって手を差し出してきた。

思わず手を乗せると、にこやかに侯爵に提案する。

「せっかくご指名いただきましたが、今夜は私の代わりに妹に演奏してもらうことにしましょう。男性の聞き手に対しては、女性の演奏の方が胸に響くでしょうからね」

「へっ？」

兄は一体何を言っているのだ。

私がギターを演奏できないことなど、百も承知だろうに。

兄は目を丸くする私を抱きしめると、耳元に口を近付けてきてささやいた。

「ルチアーナ、お前の出番だ。侯爵は夫人に近寄る男性全てに嫉妬しているから、私が演奏するのは悪手だ。上手い演奏をしたら、侯爵はますます嫉妬に燃えてさらなる無理難題を突き付けてくるだろうし、下手な演奏をしたら、宣言通りオルゴールを聞かないと言われるだけだからな」

兄の言いたいことは分かる。

兄が上手な演奏を披露したならば、間違いなく侯爵の頭に血が上るだろうから、たとえオルゴールを聞いてくれたとしても、怒りでイライラして曲に集中することはできず、何の曲か思い出すことはないだろう。

恐らく、「侯爵夫人に侍るイケメン」と侯爵に認識されてしまった以上、兄が何をしたとしても侯爵は受け入れないのだ。

でも、そんなことよりも……。

「侯爵が嫉妬しているとしたら図々しいことですわ！　ご自分は可愛らしい歌姫を連れているというのに、一体何の権利があって嫉妬するのかしら!!」

この際、カンナ侯爵が侯爵夫人の夫であるということは一旦置いておこう。

侯爵夫人は子ども連れで来ているのだから、邪《よこしま》な行動をするはずがないことは、誰が見たって分かるはずだ。

一方の侯爵は、先ほどから歌姫とべたべたいちゃいちゃしているのだから、侯爵夫人を非難する余地は1ミリだってないはずなのに。

私は侯爵に対する腹立たしさから、「分かりました！」と強い口調で答えると、勢いよく立ち上がった。

私が全くギターを弾けないことをサフィアお兄様は知っているから、きっとタイミングを見て助けてくれるはずだ、と期待しながら。

多分、兄は私に雰囲気を変えるための取っ掛かりを作らせようとしているのだ。

だから、私が何をしたとしても兄はフォローしてくれるはずだ、と考えながら一歩踏み出すと、カンナ侯爵夫人がはしりと私の手を摑んだ。

驚いて夫人を見ると、彼女は泣きそうな表情をしており、申し訳なさそうに謝罪してきた。

「ルチアーナさん、思いもかけない場面で歌わせることになってしまってごめんなさい。でも、芸術というのは正しく伝わるから、あなたの歌が汚されることは絶対にないわ」

自分が傷付いているのに、私に対する思いやりを見せる侯爵夫人の優しさにじんとする。

同時に、怒りに任せてステージに上がろうとしたことを反省した。

私は一瞬のうちに冷静になった頭で侯爵夫人にお礼を言うと、落ち着こうと努めながらゆっくりとステージに上がる。

よく考えたら、カンナ侯爵が同伴しているのは劇場の看板になっている歌姫だから、彼女の歌を聞き慣れている侯爵の耳は肥えているはずだ。

だから、歌の巧拙さで勝負しても負けるに決まっている。

だとしたら、カンナ侯爵の心を打つために、私にしかできない方法を考えないといけないわ。

うーん、と考え込んだところで、前世で好きだった歌を歌うことを思いつく。

私は椅子に浅く腰掛けると、ギターを手に取ってひっくり返し、裏面を上に向けた。

「は？」

驚く侯爵の声が響き、観客たちは意味が分からないとばかりに私を見つめてきた。

けれど、私はギターを弾けないのだから仕方がない。

私は前世で好きだった船乗りの労働歌を思い出すと、片手でこぶしを作り、どんどんとギターの裏面を叩き始める。

過去世界に来る前に、海上魔術師団の船に乗せてもらい、船乗り体験をしたからというのもあるけれど、カンナ侯爵領は海に面しているから、侯爵にとって船乗りの歌は馴染み深いもののはずだ。

さらに、この曲は最初から最後までギターを拳で叩くことで観客に衝撃を与え、センセーションを巻き起こしたという、ギターを弾けない私にぴったりの曲なのだ。

前世において、この曲は世界中で人気を博したから、多くの人にとって受け入れやすい音楽のはずだと期待しながら、私はギターを叩き続ける。

飛び入り参加した見知らぬ私はどんな演奏をするのだろう、と興味深く見つめていた観客たちにとって、突然ギターをひっくり返して叩き始めた私は、常軌を逸しているように見えたようだ。

そのため、部屋中がしんと静まり返ったのだけど、そんな中、私は口を開くと歌い始める。

私の歌声は人並みでしかないけれど、曲が素晴らしいことは間違いないから、伝わってほしいと思いながら。

「あの海に浮かぶ船　船の名前はビリー・オブ・ティー　風が吹き船は揺れる　吹き飛ばせよ……」

夢中になって1番を歌い終わったところで、兄がギターを片手に素早くステージに上がってきた。

何をするつもりかしらと見ていると、私が座っている椅子に自分も座ってくる。

それから、私の歌に合わせてギターを弾き始めた。

えっ、たった今聞いただけだというのに、どうして弾けるのかしらと驚いたけれど、すぐに歌うことに意識を取られる。

そんな私の隣で、驚くべきことに兄は間違うことなく、完璧な演奏を披露した。

それだけでなく、サビの部分では美しい低音で歌い出してハモってくるのだから、兄が侯爵家嫡子であることを知っている私ですら、本物の音楽家だったのかしらと勘違いしそうになる。

この歌は6番まであるのだけれど、最後だけはサビの部分を2回繰り返す構成になっていた。

わざとなのか、これで終わりだと勘違いしたのか、2回目のサビを歌う部分で、兄が演奏することも歌うこともやめてしまったので、私一人の声が会場中に響き渡る形になる――兄はちらちらと私の口元を見ていて、歌の流れを読んでいたようなので、恐らく、わざとだろうけれど。

結果的に、最後の部分を歌い始めの部分と同じく、歌とギターを叩く音だけにしたことで、より曲が引き締まったように思われた。

さすがお兄様、素晴らしい演出だわと考えながら、やり切った気持ちでふーっと深い息を吐いていると、フロアの中がしんと静まり返っていることに気付く。

あ、あら、他の演奏家の時は、多少なりとも拍手の音が響いていたけれど、物音一つしないわよ。

サフィアお兄様に手伝ってもらったというのに、やっぱり私の歌ではダメだったのかしらと、情けない表情を浮かべると、兄が私の手を取って立ち上がり、観客に向かって礼をした。

その瞬間、会場中から割れんばかりの盛大な拍手が鳴り響く。

びっくりして目を見開くと、興奮する観客たちに交じって、カンナ侯爵が真顔で拍手をしている姿が見えた。

拍手の音はしばらく鳴りやまなかったため、私は兄とともにフロア右側、中央、左側と、3度礼をした後、笑みを浮かべたままステージを下りる。

そんな私たちに、観客は次々に称賛の声を掛けてくれた。

「お嬢さん、最高の歌だったよ！　僕は海辺の生まれだが、君の歌を聞いて故郷を思い出すことができた！　すごい歌だ!!」

「ああ、初めて耳にした曲だというのに、すっと胸の中に入ってきた！　君たちは本物だよ!!」

「素晴らしい演奏を聞かせてくれてありがとう！　またお願いするよ!!」

観客の中には私の許まで足早に近付いてきて、チップをくれる者までいた。

思いがけない対応を受けて目を丸くしていると、隣にいる兄が感服した様子で私の頭に片手を乗せる。

「やあ、ルチアーナ、お前には本当に驚かされる。一体どうやって今の曲を生み出したのかは分からないが、誰もが一瞬でお前に魅了されていたぞ。お前はいつだって、私の予想を超えてくるのだな」

兄は手放しで私を褒めると、顔を近付けてきて耳元でささやいた。

「お前の歌はするりと胸の中心に入ってきて、心の奥底にある感情を揺さぶった。陸育ちの私でもそうなのだから、領地が海に面している、海育ちの侯爵にはもっと衝撃的だっただろうな」


席に戻ると、侯爵の顔付きが先ほどまでとは変わっていた。

プライドが高く、いつだって威張っている侯爵だというのに、彼は兄と私に向かって頭を下げると謝罪してきた。

「先ほどは失礼な口をきいて申し訳なかった。私の領地は海に面しているから、船乗りを称《たた》えた君たちの曲に心を打たれた。心に染みる素晴らしい曲を聞けたことに心から感謝する。君たちは立派な音楽家だ」

それから、侯爵は夫人の方を向いた。

「レイア、君にも謝罪する。それから、君の音楽家を侮辱して悪かった。約束だ、私の心に響くような音楽を聞かせてもらったのだから、君の望みに応えよう」

◇　◇　◇

侯爵夫人はすかさず口を開こうとしたけれど、それより早くカンナ侯爵が前言を補足してきた。

「分かっているだろうが、私は必ず約束を守る。だから、君がこれからどんな望みを口にしたとしても、私は応えよう」

それは侯爵からの和解の申し入れだった。

たとえば夫人が『侯爵邸に戻ってきてくれ』と言えば侯爵は戻るし、『歌姫と二度と会わないでくれ』と言えば二度と会わないと言っているのだ。

けれど、純真無垢な侯爵夫人はカンナ侯爵の言葉に含まれた裏の意味を読み取れなかったようで、素直にオルゴールを夫に差し出した。

「オルゴールを聞いてください」

侯爵は違う願いを口にされると期待していたようで、一瞬言葉に詰まると動きを止める。

それから、諦めたように目を閉じた。

「……そうか。あくまで君の望みは私に音楽家を売り込むことなのか。当然だな、私が何をしようと君にとってはどうでもいいのだから」

カンナ侯爵の刺々《とげとげ》しい声を聞いて、これは無理だわと思う。

こんな状況でオルゴールを聞いたとしても、侯爵は絶対に自分が作った曲だと思い出せないわ。

一体どうしたらいいのかしら。

「お、お兄様……」

思わず隣に立つ兄の服を摑み、縋るように見つめると、兄は甘やかすような微笑みを浮かべた。

「やあ、私の魔法使い。お前はいつだって皆に魔法をかけてくれる素晴らしい存在なのに、どうしてそう自信がないのだろうな？」

兄の服を摑んでいる私の手が震えていることに気付いたようで、兄は私の両手を自分のそれらで包み込むと、落ち着きなさいと言わんばかりにきゅっと力を込めた。

それから、顔を近付けてきて、至近距離で瞳を覗き込んでくる。

「何が不安だ？」

何もかもが不安だわ、と思いながら沸き上がってくる気持ちを全て言葉にする。

「私は今まで一度だって、自由に魔法を発動できたことがないんです！　これまでは全て、誰かの命が懸かっているような場面ばかりで、無我夢中だったので、無意識に魔法を発動することができました。でも、今は命が懸かる場面ではないためなのか、魔法の発動方法がちっとも分からないんです」

兄が理解しているとばかりに頷いたため、ほっとして言葉を続ける。

「もちろん、今がとても重要な場面であることは理解しています！　ここで失敗したらカンナ侯爵家はバラバラになるし、私たちが過去世界に来たのは現状を変えるためだから、何とかしなければいけないということは。だから、どうにかしなければいけないとは思うのですが、どうすればいいのかがさっぱり分からないのです」

自分の不甲斐なさをもどかしく思い、焦る私に対して、兄は何でもないことだとばかりに軽い調子で微笑んだ。

「お前は何事も背負い込み過ぎる。そんな風にいつだって1人で解決しようとするが、考えてもみろ。過去世界に来たのはお前だけではない。私やジョシュア師団長、アレクシスも来ているのだから、無理だと思ったら私たちに役割を放り投げればいいのだ」

思ってもみないことを言われて目を丸くすると、兄がおかしそうに微笑む。

「私は生来、怠け者だからな。お前が1人でやり続ければ、私は怠け続けて出来の悪さが加速するだけだ。そうしたら、私は怠けることを覚えてしまい、お前は将来にわたってこの兄の面倒を見なければならなくなるぞ。ほら、私に適度に仕事を押し付けるのが、正しいやり方ではないか？」

兄のおかしな論理に騙されそうになっていると、兄は私の頬を両手で包み込んできた。

それから、額が触れ合うほどに顔を近付けると、優しい声で諭してくる。

「お前が望まないのであれば、何一つしなくていい。しかし、何かをやりたいと望むのであれば、できる範囲のことをやればいい」

兄のシンプルな言葉で、ぐちゃぐちゃになっていた頭の中がすっきりする。

そうだわ、私はアレクシスとカンナ侯爵夫人の不幸な現状をひっくり返したいのだわ。

「私にできるのであれば、お優しい侯爵夫人の力になりたいです。そして、アレクシスの後悔がなくなるよう、彼の望みを叶えたいです」

私の希望を言葉にすると、兄は悩む様子もなく頷いた。

「そうであれば、カンナ侯爵が自作の曲を思い出す手伝いをしよう。先日の侯爵夫人の話を覚えているか？　侯爵が夫人に例の曲を贈った場面について語った話だ」

すごいわ、私には見えなかった道筋が兄には見えているのだわ、と思いながらこくりと頷く。

「はい」

「では、その場面を再現してみよう。そして、侯爵の記憶に訴えかけるのだ。なあに、正確な描写ができるはずもないのだから、お前なりにイメージしたものでいい。侯爵は芸術肌のようだから、それらしい雰囲気さえ作ってやれば、自分が作った曲くらい思い出すはずだ」

私はもう一度頷くと、先日、夫人から聞いた言葉を懸命に思い出そうとする。

恒例となった侯爵夫人とのお茶会において、夫人は夢見るような表情で、カンナ侯爵が自作の曲を夫人に贈ってくれた場面を語ったのだ。

『11年前、オーシャン様は私の一族が治めるヒビスクス島を訪問くださいました。そして、夕日が沈みゆく海を背景に、オリジナルの歌を私に贈ってくれたのです。彼の髪が海風に乱され、夕日以上に赤く輝いていた姿を見て、オーシャン様は何て雄々しいのだろうと私は言葉を失いました。そんな私を見つめながら、彼はその場であの曲を歌ってくれたのです。それから、カンナの花を一輪差し出して求婚してくれました』

侯爵夫人の話を聞いた時、夫人の語る情景は何て美しいのだろうと思ったけれど、実際に映像を見せられたわけではなかったので、夫人の頭の中に描かれた情景がどのようなものであるのかは、正確には分からなかった。

それならばと、私は一生懸命乙女ゲーム『魔術王国のシンデレラ』のアレクシスルートを思い出そうとする。

ゲームの中に、アレクシスが両親の馴《な》れ初《そ》めについて、ヒロインに語って聞かせたシーンがあったはずだわ……、と必死になって記憶を辿ったけれど、その内容は侯爵夫人が語ったものとほぼ同じで、こちらも映像として映し出されてはいなかった。

そのため、私はがくりと項垂《うなだ》れる。

どうしよう。これでは、実際の場面がどのような景色だったのかがさっぱり分からないわ。

兄は私なりの想像でいいと言ったけれど、正確にその時の情景を切り出してこなければ、侯爵の記憶は揺り動かされないのではないかしら、と心配になる。

そして、1度そう考えてしまうと、頭の中が不安な気持ちで占拠されてしまい、海辺の映像を思い浮かべることに集中できなくなった。

焦れば焦るほど悪循環に陥ってしまい、情けない顔になっていると、兄が私に背を向け、侯爵夫人の許に歩いていくのが見えた。

何とはなしに見ていると、兄は夫人に何事かを話しかけた後、すぐに私の許に戻ってきて、一輪の花を差し出してくる。

一体何かしらとじっと見つめると、それは先ほどまで侯爵夫人の胸元に飾られていたカンナの花だった。

てっきり造花だと思い込んでいたけれど、間近で見ると生花であることに気付く。

「11年前、カンナ侯爵が夫人に歌を贈った後、侯爵はこのカンナの花を差し出して求婚したらしい。夫人はその時の花を大事に思い、劣化しないようにと魔術を施して取っていたのだ」

侯爵夫人らしいわねと思いながら、私はその花に手を伸ばすと、そっと指先で触れてみた。

すると、柔らかな感触が指先に伝わり、心が震えるような心地を覚える。

「さあ、ルチアーナ、一緒にイメージしてみよう。海と空、それからこのカンナの花を。それだけでいい」

兄の優しい眼差しを見つめていると、その瞳の中に遠い孤島の風景が浮かんでくるような気がした。

驚いて、魅入《みい》られたように兄を見つめていると、体の中心にぽつりと火が灯ったような感覚が走る。

この感覚は、これまで私が魔法を発動した時に感じていたのと同じものだわと思いながら、私は両手でカンナの花を包み込んだ。

すると、手の中の赤い花が輝き出したような錯覚を覚え……次々に頭の中に映像が浮かび上がってくる。

雄大な海と空を分ける地平線と、豊かな緑に溢れた島。

ほがらかに笑う若かりし侯爵夫人と、その家族らしい笑みを浮かべた人々。

島一面に咲き誇る真っ赤なハイビスカス《ヒビスクス》と、侯爵が差し出してきた同じように赤いカンナの花。

それから、胸が締め付けられるような思いのこもった声で、海に向かって歌を歌うカンナ侯爵の姿が……。

私は両手を伸ばすと、それらの景色を正しく映し出せるようにと祈りながら呪文を紡いだ。

「絶海の孤島に眠る古く美しき記憶よ　海と空　光と風とともに再現されん————情景再現！」

その言葉とともに、私の頭の中に浮かび上がっていた映像が、その場にいる全員に見える形で中空に映し出される。

水平線、夕日、カンナの花、緑の木、打ち寄せる波といった映像が、まるで写真のように四角く切り取られ、ばらばらと中空に散らばっていく。

どうやらカンナの花から読み取ったたくさんの情景が、情報を絞ることなくそのまま全て映し出されているようだ。

アレクシスとジョシュア師団長は、呆然とした様子で目の前に浮かぶ多くの映像を見上げていた。

「何だこの映像は……」

初めて私の魔法を目にするアレクシスがぽかりと口を開けるのに対して、ジョシュア師団長はまたかとばかりに眉間に皺《しわ》を寄せる。

「相変わらず、規格外の力だな！」

一方の兄は、冷静な声で諭してきた。

「ルチアーナ、一つを選ぶのだ！　そして、残りの景色は捨て去りなさい」

兄の助言はもっともではあったものの、どの景色も美しく、それぞれ異なっていたため、全ての映像を選びたい気持ちになって、一つを選び取ることができない。

そんな欲張った気持ちが目の前の空間に映し出されるようで、私の視線の先には四角く切り取られた何百枚もの異なる景色が、乱雑に重なり合ったような形で展開されていた。

どうすればいいのか分からず、ただ茫然と見上げていると、それぞれの景色から色が滲み出てきて混じり合い、全ての景色が台無しになっていく。

「一つを選ぶ、一つを選ぶのよ！」

私は慌てて自分に言い聞かせたけれど、言葉を繰り返すたびに、どうしていいのかがどんどん分からなくなる。

絶望的な気持ちで中空を見上げていると、隣に立つ兄が懐かしむような声を出した。

「ルチアーナ、お前は昔からそうだったな。好きな物がたくさんあると一つを選べないのだ。そうであれば、全てを選び取るとするか」

兄はそう言うと、はめていた手袋を外して両手を床に向けた。

「魔術陣顕現！」

その言葉とともに、兄の足許に青紫色の複雑な魔術陣が浮かび上がる。

それから、兄は中空を見上げると魔術を発動させた。

「補助魔術〈修の2〉術式調整　対象：情景魔法！」

その魔術は、学園の教師が生徒を指導する際によく用いるものだった。

対象とする魔術に作用し、調子や過不足を整えて、正しい状態にする働きがあるのだ。

どうやら兄は補助魔術によって、不完全な形で展開している私の魔法を調整しようと試みたようだけれど、兄の魔術が私の魔法に作用した様子はなく、目の前に映し出される景色はさらにぐちゃぐちゃになっていった。

その様子を見て、兄がやはりなとばかりに苦笑する。

「やはりダメか。お前の行使しているものは魔術ではないから、この術式では作用できないな」

兄は手を伸ばしてきて私の片手を摑むと、確認するかのように首を傾げた。

「お前の魔力に同調してもいいか？　今回ばかりはお前の想いが強過ぎて、魔法に乱れがあるようだから、少し補助をさせてほしい」

私が欲張っていることは分かっている。

けれど、どうやって正せばいいのか分からなかったので、助けてもらえるならばと、一も二もなく頷いた。

すると、兄はつないだ私の片手を自分の唇に押し当てる。

その瞬間、兄の目の中に星が入り込んだのかしらと思うほどに、きらきらと輝き始めた。

驚いて兄の目を覗き込むと、輝きはさらに強くなり、兄の目に吸い込まれていくような錯覚を覚える。

瞬きもせずに見つめていると、兄の魅力的な声が響いた。

「**補助魔術〈天の2〉術式調整★改　対象：情景魔法！**」

兄が新たな魔術を発動させた瞬間、目の前の景色が変わり始めた。

それまでは見上げた先の空間に、写真のように切り取られた景色が何百枚も重なり合っていたのだけれど、それらの景色が動き始め、一つは右に、一つは左にと、あちらこちらに散らばり始めたのだ。

それはまるで、空間全体を使ってジグソーパズルをやっているかのようだった。

ぱちりぱちりと正しい場所に、正しい景色がはまっていく。

呆然と見つめている間に、その場にあった全ての景色は正しい場所に配置され、気付いた時には一体的な立体映像として、全方位に対して展開されていた。

「す、すごい！　ここはどこだ？」

「なっ、どうして突然、海と空が目の前に広がったのだ!?」

部屋にいた者たちは理解できない様子で、360度広がる景色に呆然としていたけれど、アレクシスとジョシュア少年の2人だけは、兄が魔術を発動したことに気付いたようで、信じられないとばかりに目を見開いていた。

2人が驚くのは当然だろう。

兄はたった今、誰もが信じていた「魔術は魔法に関与できない」という、魔術界の常識を覆したのだから。

でも、今は難しいことを考える時間じゃないわよね。

私は自分にそう言い聞かせると、顔を上げて、全方位に広がる美しい景色に見入ったのだった。

◇　◇　◇

カンナ侯爵の目の前に映し出されたのは、11年前の光景だった。

海の中に浮かぶ絶海の孤島、ヒビスクス島。

あの島は風も、陽の光も、打ち寄せる波も、何もかもが特別で、自分より遥かに大きなものに守

られているのだと信じさせてくれる、自分を丸ごと包み込んでくれる島だった。

驚くべきことに、私は今、再びその島に立っているのだ。

そんな錯覚とともに思わず立ち上がった侯爵の前に、雄大な青い海が広がる。

不思議なことに、侯爵は潮の香りを感じることができた。

頬にあたる陽の光は暖かく、風が髪を吹き上げていく。

私はクラブの一室にいたはずだ。

もしも陽の光や風を感じるとしたら、自分の五感が狂ったに違いない、と思いながら見つめた先には地平線が広がり、陽が沈むところだった。

この美しい光景は見たことがある、と侯爵は強く思う。

ああ、そうだ。11年前のあの日、私はこの圧倒的で美しい光景の中にいたのだ。

そして、自分の心を抑え切れずに、この美しい光景と同じくらい美しい彼女に、歌を贈ったのだ
……。

侯爵は激しい情動とともに、大切な過去を思い出す。

彼女が頬を赤く染め、全幅の信頼を込めたきらきらした瞳で、侯爵を見上げてくれたことを。

侯爵が一目で虜になり、生涯を捧げようと決意させた、美しく、清廉で、生まれたままのような純真な彼女の姿を。

その時、オルゴールの音が響いた。

それは胸を揺さぶるような、心の深いところに届く、どこかで聞いたことがある曲だった。

海風が吹く音に交じって、聞き覚えのある声が聞こえてくる。

その声はオルゴールの曲にぴったり合わせて歌を歌っていた。

あれは……。


視線を巡らせると、隣に立つ妻のレイア・カンナ侯爵夫人が見えた。

彼女は信頼する者を見つめるような優しい眼差しで侯爵を見上げていた。

ああ、そうだ。あの時の彼女もこんな風に私を見つめてくれていたのだ。

11年前の彼女もこんな風に美しく、清廉で、全幅の信頼を込めたきらきらした瞳で見つめてくれた。

だから、私はたまらない気持ちになって、一生涯側にいてほしいと思って、溢れる彼女への想いを歌にしたのだ。

「私の声だ！　これは……私が彼女のために作った曲だ!!」

◇　◇　◇

オルゴールの曲を聞いている間中、カンナ侯爵は込み上げてくる情動と闘っている様子だった。

恋情、嫉妬、後悔、郷愁、憧憬といった様々な感情が侯爵の胸に去来したようだけれど、曲が終わると、オルゴールを両手に抱えている妻を呆然と見下ろす。

それから、震える手でオルゴールを抱える妻の手を包み込んだ。

「……レイア、これは私が君に贈った曲だ」

侯爵夫人は夫を見つめると、はっきり頷く。

「ええ、その通りです。あなたが私に贈ってくれたとても大切な曲です。だから、アレクシスにこの曲を引き継ぎたかったのです」

カンナ侯爵はぐらりとよろけると、必死な様子でソファの背もたれ部分を掴んだ。

その顔色はどんどん青ざめていき、暖かい部屋の中にいるというのに、がくがくと全身が震え始める。

「私が君に贈った曲だから、君はこの曲をオルゴールにして、息子の誕生日の贈り物にしたのか？この曲をそんなに大切に思ってくれていたのか？　……は、はは、君の記憶力と音楽の才能は素晴らしいな！　1度聞いただけの歌を、完璧に再現できるのだから。一方の私は、ここまでお膳立てされないと自分の曲を思い出しもしないとは、何たる愚鈍さだ」

カンナ侯爵は沈んだ声で独り言ちる。

「君はこれほど才能に恵まれているのだから、音楽家を支援するのも当然だな。君は心から音楽が好きなのだ」

カンナ侯爵は憔悴《しょうすい》し切った様子で、自分の顔をごしごしとこすった。

侯爵夫人はそんな夫を黙って見つめていたけれど、少し躊躇った後に口を開く。

「あなたがカンナ侯爵家を継ぐために、音楽家の道を諦めたことを知っていました。ですから、せめて後進の者たちを育てようと、音楽家のパトロンになったんです」

「まさかそんな、……君は夢を捨てた私の代わりに、音楽家を育てようとしたのか？　あの……いつも君に縋りついている、黄色い髪の音楽家を？」

カンナ侯爵は非常に動揺している様子だった。

思いがけない魔法によって、妻に求婚した11年前の状況を再び体験した侯爵は、その当時、妻に抱いていた気持ちまでもが蘇ってきたようで、胸が高鳴っている様子だ。

さらに、求婚の際に侯爵が贈った愛の曲を、妻がオルゴールにして息子に引き継ごうとしてくれたと知って、高揚もしている。

そんな常にない状態の中、長年彼を嫉妬させていた音楽家を支援している理由が、侯爵自身の失った夢を叶えるためだと、他ならぬ夫人の口から聞かされたのだ。

妻への感情がぐじゃぐじゃになったカンナ侯爵の声は、胸の中を吹き荒れている激情を反映して、聞き取りにくいほど掠れていた。

一方の侯爵夫人は、侯爵の感情が乱れていることには気付かない様子で、素直に質問に答える。

「グンターのことですか？　彼の音楽はあなたが目指していた音楽とよく似ているんです。ですから、彼が大成してくれたら、あなたの代わりに夢を叶えてくれたことになる気がしました。それで、彼を支援することにしたんです」

「音楽が似ているだって？　……ああ、確かに彼が作った曲の冒頭4小節は、偶然にも私のものと一致していたな。そうか、女性の好みも一致するし、私と彼は感性が似ているのだな」

カンナ侯爵は自嘲するように唇を歪めると、弱々しくつぶやいた。

グンターはアレクシスの実の父親ではないかと噂されていた2人の人物のうちの1人で、カンナ侯爵が長年、妻との関係を疑っていた人物でもあった。

それなのに、侯爵夫人は潔白で、何一つやましいことはなかったと知って侯爵は動揺する。

そんな侯爵の声はあまりに小さくて掠れていたため、聞き取れなかった侯爵夫人が聞き返した。

「えっ、何ですって？」

「……いや、何でもない。ところで、君には同じ島出身のオレンジ色の髪の幼馴染がいたはずだ。いつだって君の騎士気取りで、私が島にいた間もずっと君に付きまとい、手厚く世話を焼いていた君の崇拝者が」

カンナ侯爵はこの際だからと、長年悶々としてきた疑問を全て夫人にぶつけるつもりのようだ。

ちなみに、侯爵が口にした「オレンジの髪の幼馴染」というのは、アレクシスの実の父親ではないかと噂されるもう1人の人物であり、結婚前から続いている夫人の恋人ではないかと、侯爵が疑っている相手だった。

もはや真実から逃げるつもりはない、とでもいうかのように、侯爵は夫人を真っすぐ見つめると、緊張した様子で夫人の答えを待つ。

対する侯爵夫人は、戸惑った様子で瞬きをすると、小首を傾げた。

「マイカイのことですか？　彼は私たちが結婚してすぐに、私の妹と結婚しました。彼は5歳の時に私の妹に一目惚れして以来、ずっと妹を追いかけていましたから、結婚してからはずっと幸せなようですよ。今では子どもが7人も生まれているんですって。島の者は子だくさんが多いから」

侯爵夫人の言葉を聞いたカンナ侯爵は、動揺した様子で視線をさまよわせると、弱々しい声で言い募る。

「しかし、君はアレクシスにわざわざ『カイ』というセカンドネームを付けていたじゃないか。幼馴染の名前から取ったのだろう？」

侯爵夫人はゆるりと首を横に振ると否定した。

「『マイカイ』は、島のお国言葉で『いいね』とか、『健康』という意味です。同じくお国言葉で、『カイ』は『海』という意味です。アレクシスのセカンドネームは、あなたの名前の海《オーシャン》からもらいました。あなたに似て、強く逞《たくま》しい子になるようにと願いを込めて」

夫人の答えを聞いた侯爵は、喉の奥からおかしな声を漏らした。

これまで11年もの間信じていたあれやこれやが全てひっくり返され、衝撃を受けている様子だ。

侯爵は思いもかけない展開の連続に、現状を上手く把握できていない様子だったけれど、こうなったらと、11年もの間、ずっと聞くことができなかった最大の疑問を妻にぶつけることを決意した。

侯爵は緊張した様子でごくりと唾を飲み込むと、震える声を出す。

「アレクシスは、……彼の髪色は」

侯爵の言葉を聞いた侯爵夫人は、責められていると思ったようで、気落ちした表情で視線を落とした。

「ええ、申し訳ありません。あなたと同じ赤い髪色の子を産めればよかったのですが、私の父そっくりのオレンジ色と黄色が交じった髪になってしまいました」

「は？　ヒビスクス島の領主は白髪だったじゃないか!!」

激しい調子で言い返すカンナ侯爵に夫人が頷く。

カンナ侯爵が求婚の際に島に訪れ、挨拶した夫人の父でもあるヒビスクス島主は確かに白髪だったのだから、その通りだと肯定したのだ。

「昔は父もアレクシスのように鮮やかな2色の髪色をしていたのですが、年を取ったので白髪に変わったんです」

「…………」

侯爵はもはや言葉もない様子で、憔悴しきった表情で口を噤んだ。

そんな侯爵を見て、夫人が静かに語り始める。

「あなたは先ほど『過ち』だと言ったけれど、その通りです。私は父の髪色そっくりの子どもではなく、あなたの髪色の子どもを産むべきだったのに、できなかったのですから。本当にごめんなさい」

「レイア……」

カンナ侯爵は突然、妻の話が理解できなくなったとばかりに、眉間に深い皺を寄せた。

これまでのわだかまりの原因は全て自分の思い込みにあり、侯爵夫人に一切の非がないことが判明したため、カンナ侯爵には夫人が謝罪する理由が分からなかったのだ。

厳しい表情を浮かべる夫を見て、腹を立てていると誤解した妻は、慌てて彼の前から去ろうとする。

「あなたがお望みならば、私はすぐにでも侯爵邸を出ていきます。あなたがはっきり言わないのをいいことに、いつまでも侯爵邸にい続けていたのだから、私も図々しいですよね。でも、大丈夫です。私はもう二度とあなた方の邪魔をしませんから」

「二度とは……」

11年も一緒に暮らしたというのに、侯爵夫人はあっさりと夫を捨てて出ていこうとしている。

カンナ侯爵がそのことに衝撃を受けて呆然としていると、侯爵夫人はおずおずとした様子で口を開いた。

「あなたがお連れになっているそちらの女性は、私と結婚する際に別れた恋人なのでしょう？　一度、お会いしたことがあるから覚えています。ごめんなさい、11年前に1度引き裂いておいて、もう一度同じことをしようとは思いませんわ」

侯爵が無言でソファに座る歌姫を見下ろすと、彼女はぺろりと舌を出した。

「うふふ、昔の悪戯がバレちゃったわ。オーシャンは礼儀正しいから、政略結婚のために私と別れたことを奥さんに言わないだろうなと思ったの。だから、あなたが何を犠牲にしたのかを教えてあげたのよ」

その途端、カンナ侯爵は幼馴染に怒りを爆発させる。

「何を言っているんだ！　あの頃、私は君と付き合っていなかったじゃないか!!」

歌姫は悪びれた様子もなく、ひょいっと肩を竦めると、ソファから立ち上がって侯爵に近付いてきた。

それから、するりと彼の腕に自分のそれを絡めると、ぱちぱちとまつ毛を瞬かせる。

「オーシャンのお兄様が死んで、爵位を継ぐことになったからでしょう？　そうでなければ、私たちは結婚していたわ」

「それは完全なる君の妄想だ！　私は好きでもない女性とは結婚しない!!」

カンナ侯爵は驚愕した様子で、歌姫の手を払いのけた。

ここにきて初めて、侯爵は歌姫が自分の思っていたような無邪気な幼馴染ではないことに気が付いたようだ。

一方の侯爵夫人は、侯爵の言葉を聞いて、痛みを覚えたかのような表情をした。

まさか侯爵に好かれているとは思っていないため、侯爵の『私は好きでもない女性とは結婚しない!!』という発言を離婚宣言と捉えたためだ。

「そうでしょうね。ごめんなさい、私はこれで失礼します。急いで荷物をまとめて、今日中に侯爵邸を出ていきますから」

「待て！　どうして出ていくなんて言い出すんだ!?　君は他に好きな人はいないのだろう？　それとも、誰かいるのか!?」

激高した様子の夫を見て、これまで侯爵夫人が必死になって抑えていた感情が、とうとう制御不能になったようだ。

まるで涙腺が決壊したかのように、侯爵夫人の目から涙がぽろぽろと零れ始める。

夫人はそんな涙を拭いもせず、侯爵を見上げたまま告白した。

「……わ、私はあなたが好きなんです。だから、あなたを幸せにするために出ていきます」

カンナ侯爵は大きく目を見開くと、間髪をいれずに告白を返した。

「私も君が好きだ！　君だけを愛している!!」

けれど、自分が夫に好かれているとこれっぽっちも思っていない侯爵夫人は、侯爵が別れるにあたってはなむけの言葉を贈ってくれたと考えたようだ。

夫人はきゅっと唇を噛み締めて感情を抑え込むと、深々と頭を下げる。

「……ありがとうございます。最後にとても素敵な言葉をいただきましたわ。オーシャン様、どうかお元気で」

一方のカンナ侯爵は、妻が彼を捨て去ろうとしていることを悟って、真っ青になった。

「待ってくれ！　君はなぜ私から去ろうとする!!　そんなに私が嫌いなのか？」

侯爵夫人は顔を上げると、心底不思議そうな表情で首を傾げた。

「あなたはそちらの歌姫を愛しているのでしょう？　あなたが彼女の前に跪いて、薔薇の花束を贈ったと聞きました。先ほどだって、多くの耳目が集まる中で、彼女を抱き寄せていましたよね。あなたは好きでもない女性に、人前でそのようなことをする方じゃないわ」

「違う、違うんだ!!」

侯爵はいまさらながら自分の行動を自覚したようで、焦った様子で距離を詰めると、夫人の手を取ろうとしたけれど、彼女はさっと両手を後ろに隠す。

侯爵夫人の目から、抑えきれない涙がぽたりぽたりと零れ落ちていった。

「……もしもあなたに、11年間夫婦だった私を憐れむ気持ちがあるのなら、これ以上私にみっともない姿をさらさせないでちょうだい」

侯爵は無言のまま夫人の肩をがしりと摑むと、突然ホール中に響くような大声を上げた。

「この歌姫には！　君の役を演じてもらうよう頼んでいる最中だった！　君への愛を示すために、君と私が出会った時のことを歌劇にして上演する予定だからな!!」

真っ赤な顔をして大声で宣言した侯爵の言葉に反応し、その場の人々が一斉に冷やかしの声を上げる。

手を打ち鳴らし、口笛を吹いてはやし立てる人々の中、侯爵夫人は慌てた様子で侯爵を止めようとした。

「オーシャン様、一体何を言っているんですか？　私との出会いを劇にするって、あなたはそんな風にご自分のプライベートをさらすのが一番お嫌いじゃないですか」

「ああ、大嫌いだ！　しかし、私が浮気をしたと噂を立てられて、君が見知らぬ人々から蔑まれるよりは１００倍いい!!」

「あの」

戸惑う侯爵夫人を逃がさないとばかりに、侯爵はぎゅっと抱きしめた。

それから、カンナ侯爵は後悔に苛《さいな》まれた表情を浮かべると、弱々しい声を出す。

「君の言う通り、ここでこれ以上注目を集め、私がどれだけ君に夢中なのかを皆に教えてやる必要はないな。それから、君に１００万回謝罪する情けない姿を皆に見せる必要もない。レイア、侯爵邸に帰ろう。そして君に縋らせてくれ」

◇　◇　◇

カンナ侯爵夫妻のやり取りを目の前で見ていた私は、顔がにやけるのを抑えることができなかった。

侯爵夫人の一途さを思うと、これまでの侯爵の態度には腹立たしさを覚えるけれど、彼が歌姫と手を取り合って去っていく未来よりはずっといいわ。

きっと侯爵はこの後、跪いて妻に愛を乞い、ハッピーエンドを迎えるのだわ。

そうにまにまする私の前に突然、大きな青い渦が現れた。

空中を切り裂くようにしてぽっかりと現れたその渦は、きらきらと輝いており、南星の髪と同じ色をしている。

そのため、一目見た途端に南星の仕業だとピンときた。

同時に、私が過去世界を変えたとみなしたら、現実世界に引き戻すと、シストから警告されていたことを思い出す。

「えっ、嘘でしょう？　私の行動がシストの判定に引っ掛かったの？　いえ、それよりも、こんないいところで、過去世界から強制退去とかありえないわよね!!」

泣き言を言ってみたけれど、渦の中からは私の心情を気にする様子が一切見られない、シストの無情な声が響く。

「ルチアーナ、正解だ。君は過去世界を弄《いじ》り過ぎた。はい、帰っておいで」

「そんなあああ、何てひどいタイミングなのかしら！　お兄様、ジョシュア師団長、アレクシス、私の代わりにカンナ侯爵が夫人に愛をささやく姿を、一言も漏らさずに見届けてきてちょうだい！！！」

　あああ、カンナ侯爵夫妻が仲直りできるようにここまで頑張ったというのに、肝心の告白シーンを見られないなんて、一体何の罰ゲームかしら。

　だったらせめて、他の皆にカンナ侯爵夫妻の結末を見届けてもらい、細大漏らさず伝えてもらわないと、到底納得できないわ。

　そんな私の心からの言葉を聞いたアレクシス、ジョシュア少年、兄の3人は、驚いたように目を見張った。

「は？　南星に強制送還される際のセリフがそれなのか!?」

「ルチアーナ嬢は大物だな」

「うむ、実にルチアーナらしいじゃないか」

　いやいや、3人とも何を冷静にコメントしているのかしら。

　私の言葉をさらりと聞き流しているみたいだけど、これは私の心からのお願いだからね。ぜひ、叶えてちょうだい!!

　あ、というか、もう一つ大事なことを思い出したわ。

「3人とも、ちゃんと明日には戻ってきてちょうだいね！　過去世界に残ったりしたら、もう一度そちらに迎えに行くから。あと、私はシストと2人でも大丈夫だから、ゆっくりじっくり侯爵の告白を聞いてええぇぇぇ」

残念なことに、発言の途中で、青い渦が私を飲み込む形で閉じてしまう。

そのため、私は強制的に過去世界から退去させられると、現実世界に送還されたのだった。

◇　◇　◇

呼び出された先は、『陰の魔の★地帯《バルシュミースター》』と呼ばれる例の島で、そこでは人外の美しさを持つ南星のシストが、にこやかに私を待ち構えていた。

「おかえり、ルチアーナ。過去世界から強制退去させるための判定を、ちょっとだけ厳しくさせてもらったよ。君と2人きりで話がしたかったからね。君のあの力は何だい？」

笑顔ながらも、絶対に逃さないとばかりに圧をかけて質問される。

「えっ」

まさか現実世界に戻ってすぐに、そのような質問をされるとは思っていなかったため、心構えができていなかった私は目を白黒させる。

そんな私から答えを読み取ったのか――――あるいは、呼び出す前から確信があったのか、シストは人ならざる者特有の、凄みのある笑みを浮かべた。

「カドレアが君に接触した理由がやっと分かったよ。ルチアーナ、君は『世界樹の魔法使い《ユグドラシル》』だね？」

悪役令嬢は溺愛ルートに入りました!?

第1回 キャラクター人気投票

投票直前！

人気投票キャラクター演説

1位になるのは誰！？

ルチアーナ・ダイアンサス

悪役令嬢ですが、清き一票をお願いします！

サフィア・ダイアンサス

やあ、私に一票入れてくれない？

コンラート・ダイアンサス

お姉様の次の順位になりたいな♡

ラカーシュ・フリティラリア

私に一票入れてほしい

セリア・フリティラリア

入れてもらえれば、大変嬉しいです

エルネスト・リリウム・ハイランダー

正々堂々と勝負をしよう

ルイス・ウィステリア

僕に入れてね♡

ジョシュア・ウィステリア

私に入れてもらえるならば、どこまででもあなたをお守りしよう

ダリル・ウィステリア

魅了発動 👁
あなたは・僕に・
一票入れる♥

オーバン・ウィステリア

あなたの大切な一票を、私に入れていただけると嬉しいです

カドレア

わたくしに入れるなんて、いい趣味をしているじゃない★★★

ユーリア・ビオラ

入れてくれてありがとう

アレクシス・カイ・カンナ

……私のスペックがお気に召したんだろう?

ポラリス

どうぞよろしくお願いします

カレル・バラーク

えっ、オレに入れてくれるんですか?

ジャンナ・クロポトフ

わわわ、よろしくお願いします!!

謎の獣

……………

結果発表!!!

総得票数 4,582票

やあ、
私の魅力が
伝わったようじゃないか。
入れてくれてありがとう
1位

2,680票 サフィア・ダイアンサス

読者応援コメント ◆どんな時でも感情的にならず、冷静で余裕があって、周りを安心させてくれて、その実力も備えているのがすごいです。◆ルチアーナを全肯定してくれるお兄様最高です！ いつまでもそのままでいてください!! ◆いつも飄々としているのに頼り甲斐があるサフィアお兄様が大好きです！ 今後の活躍も期待してます！ ◆サフィア大好きです！ 頭の回転がはやくてユーモアもあってカッコいい！ ◆魅力的なキャラは沢山居ますが、お兄様は一回の攻撃力が高すぎて、他のキャラに目移り出来ません。◆チャラチャラしてるのに、めちゃくちゃカッコイイサフィアがとっっっっても好きです!!!! 最高です!!!!! 100点満点どころか、点数で表せないくらい最高なキャラだと思います。

悪役令嬢は溺愛ルートに入りました!?

第1回 キャラクター人気投票

2位
今後も尽力しよう
659票
ラカーシュ・フリティラリア

◆魅力的な攻略者ばかりですが、最終的にはラカーシュが選ばれるといいな。ふたりの雰囲気が尊い。◆孤高のラカーシュもルチアーナに翻弄されてるラカーシュも、どちらも好きです。ルチアーナを前にした時のギャップが堪らない。これからも翻弄されつつも、撫子の君を射止めてほしいです。◆ラカーシュが好みの外見ドンピシャです。ルチアーナに一番最初に惚れてくれたあたり、彼には幸せになって欲しいです。

3位
悪役令嬢なのに3位!
たくさんありがとう
ございます!!
492票
ルチアーナ・ダイアンサス

◆トロピカルなルチ可愛いです。ショートカット似合うし、流行を塗り替えてください。◆とにかく、可愛くて、天然で、大好きです！◆かなりの鈍感さでみんなを振り回し、窮地に陥ったときでも芯を強く持てるルチアーナが素敵です!! ◆無自覚で発揮される魅力、優しさがとても好きです！髪が短くなっても本当に可愛い！大好きな主人公です。

4位
ふむ、いくばくかの
人気はあるのだな
333票
ジョシュア・ウィステリア

◆大人の魅力と包容力と兄上との関係性も含めて全てが最高です。長髪、高身長、しっかりとした体形、全てが最高です。師団長には幸せになってもらいたいです。◆一番年上なのにルチアーナにさえ呆れられる事があるジョシュアがなんだか可愛い… (*´ω`*) ◆2人っきりだと本当に年上の色気で魅了してくるジョシュア師団長大好きです！　それなのにサフィアと一緒だと苦労人になるのがとっても良い!

5位
ここからだ
177票
エルネスト・リリウム・ハイランダー

◆当初の宵マチ先生のイラストから全力で大好きです◆清廉潔白な王太子様。民を大切にし民の為に王太子である自分を律する姿勢は凄い！　の一言。あっという間にルチに落ちちゃった可愛い部分も良い！◆エルネスト王太子がルチアーナに、恋に落ちてしまった6巻のSIDE STORYに自分も落ちてしまいました…！　エルネスト王太子、頑張れ!!

◆いつ如何なる時も、睡眠時間が10時間必要なオーバン副館長のギャップに萌えました。このままルチアーナのお肌を守ってあげて欲しいです。◆オーバンさんの快眠グッズの柄も可愛いくて、おもてなし精神もオカン以上のオカン気質で一家に1人欲しいです♪

◆可愛く、美しいルイスが大好きです。かっこいいルイスも見たいな ◆顔が美しすぎて心臓に悪いです!!! でもめちゃくちゃ好きです!!! ◆好きです! 一目惚れです!! かわいい。 ◆可愛いof可愛い ショタ好きには堪りません!

◆ルチアーナ大好きなセリアがかわいいです ◆天使な見た目で中身は策士なセリアちゃんが愛しいです。お姉様を囲い込めるよう頑張っ!! ◆ブラコン時代もルチLoveの今も変わらず大好き! ◆可愛くて、お兄様想いなところも好きです。

◆初登場回、かくれんぼの際の「ぬいぐりみん」発言の可愛さに胸打たれてから、大好きです!! 今回の投票にあたり、サフィアお兄様とも一瞬迷いましたが…やっぱりコンちゃん最高!

◆綺麗なお姉さん素敵です! 最新刊のSSで外の顔は綺麗なかっこいいお姉さんなイメージだったんですけど、お家では末っ子感があってギャップ萌えしました!

11位	ダリル・ウィステリア	12票
12位	ポラリス	9票
12位	謎の獣	9票
14位	アレクシス・カイ・カンナ	6票
15位	カドレア	4票
15位	ビオラ辺境伯の嫡子 グレッグ	4票

その他の順位 ◆カレル・バラーク 2票 ◆ジャンナ・クロポトフ 2票 ◆ビオラ家次男のジーン 2票 ◆リコリス伯爵令嬢のラウラ 2票 ◆ビオラ辺境伯兄弟（グレッグ & ジーン） 2票 ◆ビアンカ 1票 ◆ルチアーナの侍女マリア 1票 ◆ダイアンサス家の執事 1票 ◆ダイアンサス侯爵（ルチアーナのお父様）1票

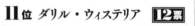

♡好きなカップリング♡

1位
2551票

ルチアーナ・ダイアンサス

&

サフィア・ダイアンサス

◆ダイアンサス兄妹大好きです！◆この2人は最強で最高です！ いつも大切にお互いを想っている心がすばらしいです。◆これからもずっと一緒にいて欲しいペアです！◆サフィアお兄様、ずっとルチアーナへの愛の僕第1位でいてください！◆まだまだ2人には明かされていない秘密がありそうでわくわくします！それでも大切に思う気持ちは変わらないのだろうと思うと尊いです！

2位
806票

ルチアーナ・ダイアンサス

&

ラカーシュ・フリティラリア

◆何卒何卒ラカーシュ様とルチアーナ様が相思相愛になりますように☆。.:＊・゜ ◆ルチを幸せにできるのはラカーシュだと信じてます！ ルチの天然さや愛らしい性格をまるごと愛してください！ ◆ライバル多くて辛いですが、ラカーシュ様には最後迄頑張って欲しいです！(^-^)

3位
311票

サフィア・ダイアンサス

&

ジョシュア・ウィステリア

◆何だかんだ仲が良い2人だなと思ってます。これからも、2人の活躍に期待大！◆カップリングというか、この2人の小気味よい会話が好きです。人を食ったようなサフィア、翻弄されつつ言うことを聞いてしまうジョシュア…ナイスコンビだと思います。◆年上なのにサフィアに振り回されるジョシュアさん好きです

先生方のお礼コメント

十夜先生

キャラクター人気投票にご参加いただいた皆さま、どうもありがとうございます!!

1位が過半数を獲得するという結果に驚かされましたが、4,582票もの投票をいただけたことに心から感謝しています!! 元気が出るコメントもたくさんいただきまして、一人一人のキャラがすごく愛されているのだなと分かって本当に嬉しいです!! 今後も「悪役令嬢は溺愛ルートに入りました!?」を楽しんでもらえるよう全力で頑張ります。

宵マチ先生

溺愛ルートのお話は、キャラがイケメン・美女ばかりなので自分も悩みまくります！
ご投票ありがとうございました！

さくまれん先生

人気投票開催おめでとうございます！
投票期間では皆さんと一緒に盛り上げられて一ファンとしてとても楽しかったです♪
素敵な時間をありがとうございました！

たくさんのご投票ありがとうございました！
今後とも応援よろしくお願いいたします!!

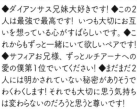

キャラクター人気投票1位
サフィア・ダイアンサス

【SIDE】ジョシュア「パジャマパーティー男子編　サフィア・ダイアンサスという人物」

「一体どういうつもりだ!?」

ウィステリア公爵邸に戻った私、――ジョシュア・ウィステリアは寝室の扉を開くと、月明かりに照らし出された闖入者《ちんにゅうしゃ》に向かって刺々しい声を出した。

私が留守の間に私の寝室に入り込み、さらには私の弟2人を連れ込んで居座るとは、一体何をやっているのだ、との腹立たしさが声に表れる。

少なくとも、この男がろくでもないことをしているのは間違いないだろう。

そんな私の推測は当たっていたようで、寝室が朝見た時と比べて様変わりしていたためぎょっとする。

想定外の情景を目にした驚きも相まって、私が浮かべた表情は陸上魔術師団の団員であれば震えあがるような恐ろしいものになっていた。

しかし、声を掛けられた闖入者は一切気にしていない様子で、寝台の上で気だるげに髪をかき上げる。

「やあ、夜着を着用して寝室に集まる理由なんて一つしかないだろう。それとも、本当に何をやっているのか分からないのか？」

いつも通りのとぼけた返答に、私はぎりりと奥歯を噛み締めたが、睨みつけた先に見えた物に驚いて鋭い声を上げた。

「サフィア、待て！」

恐らくこの時点で、声をかけた相手――サフィア・ダイアンサスは私の言いたいことを理解していただろうに、尋ねるかのように首を傾げる。

「どうした、ジョシュア師団長？」

わざわざ分からない振りをして、私の口から言わせようとするあたり、こいつはどうしようもなく暇なようだ。

「お前の質問に答える前に一つ確認させろ！　お前が横になっているそのラグは何だ？　薄暗くてよく見えないため見間違っているのだろうが、フェンリルの毛皮に見えるぞ」

サフィアは寝台の上に横になっていたが、よく見ると寝台と彼の体の間にもこもこのラグが敷かれていた。

その毛皮がフェンリルのものに見えるのは……最近、毎晩のように残業をしている結果、目に疲労が蓄積されたせいだろう。

「うむ、師団長閣下の推測通り、これはフェンリルの毛皮のラグだな。そして、私から師団長への贈り物だ」

くそう、本当にフェンリルだったか。

それは非常に凶悪な魔物のはずだが……誰が倒したのかと聞くのは野暮なのだろうな、と目の前にいる最強の魔術師を前に言葉を呑み込む。

それから、私は疲れを覚えて自分の目元を撫でた。

「本当にフェンリルなのか。毛色が銀色に見えるから、絶対にフェンリルのはずはないと思ったが、問題なのは私の視力でなく色覚の方だったか」

ははは と乾いた笑いを零したが、そんな私の疲れ切った状態を思いやることなく、サフィアはさらりと止《とど》めを刺しにきた。

「いやー、さすがはジョシュア師団長、恐ろしいまでに目がいいな。その通り、銀色のフェンリルの毛皮で間違いない」

「…………」

「兄上」

絶句した私を慰めるようにルイスの声が響いたが、私は両手で顔を覆うと、ふるふると首を横に振った。

「いい、何も言うな！　何を言われたとしても、私の感情はズタズタだ！　ははは、銀フェンリルだなんて、10年に一度現れるかどうかの上位の変異体じゃないか!!　いやいや、しかし、たとえ10

年振りの魔物だとしても、それを特殊だと思う私の感覚がおかしいのだ!!　何たってここにいるのはサフィア・ダイアンサスだからな!!」

サフィアが1人交じるだけで、常識の範囲が天と地ほどに異なってくる。

そのことは分かっていたはずなのに、いつもいつも世間の常識を当てはめようとする私に問題があるのだ。

そう考えながら、私は破れかぶれな気持ちで陽気な笑い声を上げた。

「ははは、は！　……恐らく、ダイアンサス侯爵邸の庭に、たまたま銀フェンリルの死体が倒れていたのだろう。サフィアは幸運の持ち主だから、運よくそれを回収したのだな！　それで、お前たちは私の寝室で何をやっているんだったか？」

滅多にないことだが、私は現実から目を逸らすことにして強引に話題を変えた。

サフィアはちらりと私を見たものの、こだわる話題ではなかったようでにこやかに答える。

「やっと最初の話に戻ったようだな。皆が夜着を着て寝室に集まっているのだ。何をやっているかなんて、一つしかないだろう」

確かにサフィアだけではなく、弟のオーバンとルイスも夜着を着ていた。どうやらサフィアに巻き込まれたようだ。

「…………サフィア、私は27歳の立派な大人だ。夜通しパジャマパーティーをするような年齢ではない」

「うむ、師団長の年齢を考慮して、明日に響かないよう早めに切り上げることにしよう。まずは風呂に入って、お気に入りの夜着を着てくるのだ」

「……分かった」

既に明日に響く時刻だったが、言い返す気力がなかった私は、全てを受け入れて浴室に向かうことにした。

寝室を出る際にちらりと見ると、オーバンは暖かそうな夜着を着て、抱き枕を抱きしめながら既に眠っていた。

「……8時を過ぎているからな」

始まる前から参加者が眠っているパーティーというのはどうなのだと思ったが、これはこれで早々にお開きになるかもしれないと期待しながら急いでシャワーを浴びる。

それから、私は足早に寝室に引き返したのだった。

◇　◇　◇

寝室に戻ると、先ほど目を逸らした現実を受け止めるべく、私はゆっくりと部屋の中を見回した。

私の視界に映し出されたその場所は、私の寝室でありながら私の寝室ではなかった。

というよりも、既に部屋という概念のものではなくなっていた。

扉を開けた先はどこかの森の中で、そこに私の寝台だけがぽつんと置かれていたのだから。

「サフィア、お前は一体何をした」

頭を押さえながら視線をやると、サフィアは銀フェンリルの毛皮を撫でながらにやりとした笑みを浮かべる。

彼が横たわる寝台の周りには、大きな木が何本も植わっていた。

よく見ると、その大木のうち2本を利用してハンモックが吊るしてあり、ルイスが気持ちよさそうに横になっている。

「さすがルイスだな。順応力が並ではない」

多分、ルイスはこの光景を見て驚いたものの、非日常的な空間に喜び、いそいそとハンモックによじ登ったに違いない。

諦めとともにさらに周りを見回すと、木々の向こうに湖が見えた。

湖には大きく月が映りこんでおり、何とも幻想的な光景を見せている。

「サフィア、これは幻影か？　それとも、実在する場所につなげてあるのか？」

「どちらだと思う？」

サフィアの問いかけに答えを出すべく、ぐっと目を凝らす。

全身を集中させて探っていると、爽やかな風が頬を打ち、深い森の中でしか嗅げないような木々の香りが漂ってきた。

「お前のことだから後者だろう」

そう答えると、サフィアは満足した様子でにこりと微笑んだ。

「さすがジョシュア師団長、ご名答だ。私のことがよく分かっているな」

「分かりたくはないが、長年の付き合いだからな。お前は必ず、存在する選択肢の中で最も困難なものを選ぶ傾向にある」

目に見える光景が幻影であったならば、まだ可愛気があったものを。

そう考え、サフィアがしでかしたことに疲労を覚えていると、彼は労《ねぎら》うような言葉を掛けてきた。

「最近、ジョシュア師団長は残業続きだと聞いている。疲労しているのであれば、森林浴をしてリラックスしてもらおうと思ったのだ」

「……ありがたい思いやりだが、私としてはそっとしておいてもらい、1分でも長く睡眠時間を取らせてほしかった気持ちだな」

サフィアにはそう返したものの、非日常的な景色に気分が高揚しているようで、私は湖に向かってふらふらと歩いていった。

間近で見た湖は幻想的で美しく、その湖面に映った月は大きくて、どこまでも壮麗だった。

空に浮かんでいる月と湖に映る月は全く同じ様相をしていて、夜の闇の中、空と水面の両方から辺りを照らしている。

見たこともない景色なのに、目の前の景色に既視感がある気がして首を傾げていると、サフィアの声が響いた。

「座ったらどうだ？」

そこで初めて、湖の周りに椅子が並べてあることに気付き、そのうちの一つに腰を下ろす。

すると、隣の椅子にサフィアが座ってきたため、湖を見つめたまま礼を言った。

「サフィア、お前がやることはいつだって突拍子もないものだが、その時の私に必要なものだ。このところ、私は根を詰め過ぎていて、視野が狭くなっていたようだ」

湖に映る月を眺めていただけで、3日間悩んでいた問題の解決策が突然頭に浮かんできたのだから、気分転換というのは実に大事なものらしい。

「ふむ、この景色を見ただけでそれに気付いたのだとしたら、師団長は大したものだ」

サフィアが簡単に私の言葉を受け入れたことから、やはり彼は私のことを思いやって、この非日常的な景色の許に連れてきてくれたのだと理解する。

私のために行動したという事実を否定することなく、かといって自分の手柄だとひけらかしもしないサフィアの姿を見て、非常に彼らしいと思う。

「相変わらずお前は、嫌になるくらい優秀だな」

私はお馴染みとなったいつものセリフを口にすると、湖を見つめたまま、ほおっと大きなため息をついた。

それから、静寂の中、ぽつりと言葉を発する。

「父が公爵位を退くことを考えている。最近の私は魅了の魔術をある程度コントロールできるようになったから、後を任せてもいいと判断したらしい」

「そうか」

サフィアの静かな返事を聞いて、こいつはとっくにこの話を予想していたのだなと気付く。

「ダリルにも魅了の能力は残っているが、……元々はあの子が正式な継承者ではあるが、私が父の後を継ごうと思う」

サフィアはやはり湖を見つめたまま返事をした。

「それがいい。ダリルは魅了の継承者として、幼い頃から大事にされてきたせいで、いついかなる時も矢面に立とうというタイプには成長していないからな。魅了の魔術は非常に強力だし、ウィステリア公爵家の権能は強大だ。その両方を引き継ぐことができるのは、苦労性のジョシュア師団長くらいのものだろう」

彼の声はいつも通りだったにもかかわらず、なぜだか私はサフィアが微笑んでいるのが分かった。

そのことを証するように、サフィアはすぐに祝福の言葉を続ける。

「ジョシュア師団長、よかったな。おめでとう」

とてもシンプルな言葉だったが、私の心情を誰よりも理解しているであろうサフィアの言葉だからこそ、私の胸に大きく響いた。

そのため、じわりと喜びが湧いてくる。

「ああ、ありがとう」

私はやはりこの男が好きだな。

普段はふざけていて、本音をほとんど覗かせないが、私が大事にしている部分はきちんと理解していて、そこを認めてくれるのだから。

私は多分……サフィアに一番認めてもらいたくて、一番理解してほしいのだ。

図らずもその望みが叶った嬉しさにじんとしていると、遠くから足音が近付いてきた。

振り返ると、オーバンとルイスがこちらに向かって歩いてくるところだった。

「やあ、これでやっとパジャマパーティーが始められるな」

そう言ったサフィアは、美しい月が湖面に映るこの場所で、パーティーを始めるつもりらしい。

洒落過ぎだろうと思ったが、それ以上に夜更けにオーバンが起きていることに驚いたため、弟に声をかける。

「オーバン、お前がこんな時間に起きているとは、天変地異の前触れか？」

オーバンは生真面目な表情で眼鏡の位置を直しながら、私の質問に答えた。

「湖の妖精が私を起こしてくれたのです」

普段通りの表情に見えるが、どうやら寝ぼけているようだ。

仕方がない、8時を過ぎているからな。

一方のルイスは、湖の美しさに魅入ったようで、キラキラとした目で湖面を見つめている。

サフィアに勧められて椅子に座った2人は、あらかじめ準備してあったワイングラスを渡されると、興味深く周囲を見回した。

「ここはハルディ王国との国境沿いにある湖ですね。『満月が映る湖の水を汲むと、望みを叶える水になる』という言い伝えがある、深い森の中にある湖です」

多くの本を読んでおり、各地の知識が豊富なオーバンがさらりと爆弾を落とす。

「何だと？　オーバン、ここは『金月森《きんげつしん》』で、この湖は『金月湖《きんげつこ》』なのか!?」

私の剣幕に驚いたようで、オーバンは眼鏡を指で押し上げると、戸惑った様子で返事をした。

「ええ、そうです」

金月湖。

それは、陸上魔術師団でかつて部下だったハドリーが、夢物語として何度も語っていた湖だ。

『「金月湖」に満月が映る時、その水を汲んで飲むと、望みが叶うらしいんです！』

ハドリーはしょっちゅうその話をしては、『可愛らしいお嫁さんがほしい』だとか、『大きな家に住みたい』だとか、愚にもつかない望みを口にしていた。

彼はいつだって陽気で、ともすれば暗くなりがちな我が隊を明るくしてくれたのだが、戦闘で足を損傷してしまった。

そのため、その傷がもとで魔術師団を退団することになったのだが、別れの時は大人びた表情を浮かべており、もはや『金月湖』について語ることはなかった。

その一部始終についてはずっと、当時私の側にいたサフィアも一緒に見ていたから――『時間ができたら、あいつの焦がれた湖を見に行こう』と、2人で語っていたのだ。

――その湖がこれだと!?

「くっ、今の今までそのことに気付かないとは、私はとんだ間抜けだな！」

己の愚鈍《ぐどん》さに思わず声が漏れると、隣にいたサフィアから笑い飛ばされる。

「ははっ、そうでもないさ。湖の名前を聞いた途端に思い出すのだから大したものだ。それに、私は師団長の寝室を景色のいい場所とつなげただけだ。そこに『金月湖』があったのはたまたまだ」

「たまたまということは、お前にだけはあり得ない！」

私はこれまたお定まりとなったセリフを口にすると、サフィアを睨みつけた。

ああ、本当にもう、どうしてこいつはこう優秀なのだ!!

忙しくしている私の気分を変えようと、美しい自然の中に連れ出してくれたのかと感動していたが、それすらも前座だったとは。

ダメだ、こいつの考えは深過ぎて、一手目、二手目ではとても読むことができない。

くっ、公爵邸に戻ってきて、寝室で初めに見た情景が蘇ってきたぞ。

これまで私は『史上最年少で魔術師団長の席に就いた天才』と何度も言われてきたが、やはり凡人だったようだな。

様々な感情に心を乱されていると、サフィアが目の前に瓶を差し出してきた。

瓶の中にはきらきらと輝く液体が入っている。

「『金月湖』の水だ。私が前もって汲んでおいた」

サフィアのことだ。こいつは他人の思いや考えを大事にするから、実際に湖の水を汲んだのだろう。

そのことは間違いないだろうが、この瓶に入っているものはそれだけではないはずだ。

「お前……いい加減にしろよ！」

フェンリルの犬歯は怪我や病気の特効薬になる。

10年に1度しか現れない銀フェンリルの犬歯であれば、どれほどの特効薬になるというのか。

私はぎりりと唇を噛み締める。

退役していたハドリーから数年振りに手紙が届いたのは、ついこの間のことだ。

手紙には、足の損傷は相変わらずで、魔術師団員として復帰することは敵《かな》わないが、試験に合格したので師団で働く事務員として戻ってくると書いてあった。

それは私にとって非常に嬉しい便りだったため、かつてハドリーとともに働いていた陸上魔術師団の団員たちに彼の話を伝えたのだ。

明日からハドリーが事務員として戻ってくるぞ、と。

「……お前の許には今でも多くの魔術師団員が訪れており、何くれと話をしていくとのことだったな。彼らのうちの1人がハドリーについてしゃべったな！」

確信を持って追及すると、サフィアは悪戯っぽい表情を浮かべた。

「いやー、外れだ。私を訪れた師団員の1人ではなく、全員がハドリーについて語っていったからな。ははは、ハドリーは師団長の予想よりも人望があったというわけだ。皆は、たとえ事務員としてでも、旧友が魔術師団に戻ってくることが嬉しかったのだろう」

「サフィア……」

続く言葉を予想して、私の眉が力なく下がる。

「だが、以前と同じように、ハドリーが魔術師団員として戻ってくるとしたら、もっと嬉しいだろうな」

そう言って微笑んだサフィアは、まるで世界の全てを見通しているように思われた。

特に今夜のように神秘的な場所で、全ての物事を思い通りに動かす彼を見ていると、超自然的な力や超越者の存在を信じそうになる。

「サフィア、お前は……人々の望みを何だって叶える魔法使いなのか？」

私が発した言葉は半分冗談で、半分本気だった。

しかし、サフィアはあっさりと笑い飛ばす。

「ははは、そんな大そうなものじゃないことは師団長も分かっているだろう。私はちょっとだけ出来のいい魔術師さ」

おどけた様子で片目を瞑るサフィアは、月光を受けてきらきらと輝いており、特別な存在に見えた。

とても『ちょっとだけ出来のいい魔術師』程度には見えやしない。

「サフィア、お前は昔、ルチアーナ嬢のことを『魔術の超天才』か『世界樹《ユグドラシル》の魔法使い』かのどちらかだ、と発言したことがあったな。今やっと答えが出たぞ。お前が『魔術の超天才』で、ルチアーナ嬢が『世界樹《ユグドラシル》の魔法使い』だ！　だが、私に言わせれば、どちらも常識知らずの力を持っているから、おとぎ話に出てくる魔法使いと同じことができるだろう」

サフィアは湖面に視線を落とすと、おかしそうな笑い声を上げる。

「ははは、そうか？　兄妹だから同じような力を持っているのかもしれないな」

「……恐ろしい一家だな」

『魔術の超天才』と『世界樹《ユグドラシル》の魔法使い』がどちらも住んでいる家なんて、近付きたくもない。

その時、私がぶるりと震えたのは、夜風が冷たかったからでは決してなかった。


しばらくの沈黙の後、雰囲気を変えるかのようにルイスののんびりした声が響いた。

「ところで、どうして今夜は突然、パジャマパーティーをすることになったの？」

弟の質問に対して、サフィアがにこやかに答える。

「いやーあ、ルチアーナが女性のみのパジャマパーティーを2回も実施しており、楽しそうに話をしていたから、私も真似をしてみようと思ったのだ」

彼の回答が思いもかけないものだったため、私は呆れてサフィアを見つめた。

「ということは、サフィア、お前はルチアーナ嬢からパジャマパーティーについての話を聞いており、どのようなものかを把握していたのだな？　それなのにどうして、これほど常識知らずな会になるのだ!!」

私は遥か遠くにあるはずの『金月湖』を目の前にしながら、サフィアに苦情を言う。

そもそもパジャマパーティーというのは家の中でするものだ。

こんな風に、遥か遠くにある幻想的な場所に寝台を持ち込んでするような、おとぎ話のように美しいものではないはずだ。

「こんな常識知らずのパジャマパーティーをするグループなんて、世界中を探しても私たちくらいだぞ!!」

「うむ、そうか。だとしたら、ルチアーナに自慢ができるな」

妹に自慢話ができると嬉しそうに微笑むサフィアを見て、私は顔をしかめる。

家族に自慢できるどころか……こんな風にさらりと1人の人間を救う特効薬が提供されるパーティーなど、他にあるはずがない。

「ああ、こんなおとぎ話のようなパーティーがあるはずもない！　だが……これほど私の望みに合う、ありがたいパジャマパーティーも他にないな」

「そうか」

サフィアはおかしそうに唇の端を上げると、私を見つめてきた。

「だとしたら、前回の晩餐会同様、今回も最上のワインを私のために開けてくれ」

「サフィア、お前は……」

本当にサフィアは相手に気を遣わせない奴だ。

私にちょっとばかし値の張るワインを開けさせることで、今夜のことを帳消しにしようとしているのだから。

私は騙されてやらないがな！

心の中でそう決意すると、私は我が家にある最上級のワインを持ってくるために立ち上がった。

今夜の睡眠時間がどれほど少なくなるかは分からないが……それがどれほどわずかなものだとしても、今夜の眠りが最上のものになることを確信しながら。

それから、明日は最高の気分で職場に行けるだろうことを確信しながら。

明日の私は、初登庁してきたハドリーに『金月湖』の水を渡すのだ。

そんな風に私を最高の気分させてくれたサフィアは――私にはやはり、何だって望みを叶えてくれる魔法使いに見えたのだった。

キャラクター人気投票
2位

ラカーシュ・フリティラリア

ルチアーナ、ラカーシュに贈り物をする

それはまだ、私の髪が長かった頃の話だ。

その日、私は寮の私室で考えごとをしていた。

というのも、最近のラカーシュはあまりにも親切なため、私はお世話になり過ぎではないかと気になったからだ。

私はラカーシュから受けた親切を、指を折って数え始める。

「まず生徒会室でお勉強を教えてもらったでしょ。カドレアの城に付いていきて一緒に戦ってくれたし、悪役令嬢ごっこの断罪シーンにも付き合ってくれたわ」

まずい。わずかな時間で三つも見つけてしまった。

もちろんラカーシュから受けた親切はそれだけでなく、他にもたくさん面倒を見てもらっている。

明らかに親切過多だからお返しをしないといけないわ、と私は本格的に考え込んだのだった。

◇　◇　◇

「お返しをするにあたって、ラカーシュから受けた親切はどのようなものだったかを、もう一度思い起こしてみる必要があるわね」

そして、等価かそれ以上のものをお返しするのよと思ったけれど、一つ一つ思い返してみると、彼から受けた親切は全てラカーシュ自ら尽力してくれたものであることに気が付いた。

ラカーシュは公爵家嫡子だから、色々とお金で解決しても不思議じゃないのに、彼は私のために自らの時間と労力を費やしてくれたのだ。

間違いなくお金で解決するより価値がある行為だから、お返しにラカーシュが望むものを真心込めて贈るべきだわ。

そう考えた私は、本人からさり気なくリサーチすることを思い付いたけれど、一方で、ラカーシュはべらべらとほしいものを口にするタイプじゃないわよね、と冷静に分析する。

そのため、まずは彼の周囲から聞き込みを行おうと、セリアの許に向かったのだった。


「セリア様、ちょっといいですか？」

1年生の教室を訪れて声を掛けると、セリアはぱっと顔を輝かせた。

「お姉様、お顔が見られて嬉しいです！」

まあ、何て簡単なことで喜んでくれるのかしら、と彼女の言葉を聞いた私の方こそ嬉しくなる。

私たちは顔を見合わせて微笑み合うと、廊下の端に寄ってひそひそと内緒話を始めた。

「最近、ラカーシュ様にお世話になりっぱなしなので、お返しをしようと思っているのですが、ラカーシュ様がもらって嬉しい物が分からなくて困っているんです。できればお金で買えるものではなく、私が直接行動することで返したいのですが、何かいいアイディアはありませんか？　たとえば公爵邸のお庭の草むしりをするとか、黒鳥が生んだ卵を集めるとか、そういうのはどうでしょうか？」

「えっ、お兄様のほしいものですか？　そして、お姉様が直接お兄様に対応してくれるのですか？」

セリアはなぜだか頬を赤らめた。

「ええと……ちょっと子どもっぽいのですが、この間、お兄様と紅茶を飲んだ時、私は膝の上にぬいぐるみを載せていたのです。そうしたら、お兄様が興味を示してきたのですが、これは私のぬいぐるみだから貸すことはできないと言ったのです。そうしたら、お兄様は寂しそうな表情をしていました」

「なるほど、そうなんですね」

いいわね、私の知らないラカーシュのプライベート情報ならば、彼の好みについての情報が交じっているんじゃないかしら。

「ですから、たとえばルチアーナお姉様がちょっとだけぬいぐるみの代わりになって、お兄様の膝の上に乗ってくれたら、お兄様は満足すると思います！」

「えっ、わた、私がラカーシュ様の膝の上に乗るんですか⁉」

セリアが当然の顔をして話をしてきたため、一瞬納得しかけたけれど、何かおかしくないかしらと目を見開く。

私がぬいぐるみの代わりを務めることまでは理解できるけれど、ラカーシュの膝の上に乗るというのは妙齢の女性としてどうなのかしら。

いえ、私はぬいぐるみとして膝の上に乗るのだから、はしたないことだと考えること自体が邪念なのかしら。

セリアの純粋な瞳を見ていると、ラカーシュの膝の上に座ることと、色めいたことを結び付けて考える私が、邪であるように思えてくる。

そのため、納得できてはいなかったものの、受け入れる方向で話を進めた。

「つまり、私はぬいぐるみの代わりになるということですね。ということは、膝の上に乗った私がラカーシュ様に悪戯をされたとしても、動いてもしゃべってもいけないんですね」

「い、悪戯をされても⁉　お、お兄様は紳士なので、何もしないとは思いますが……えっ、ど、どうなのでしょうか」

セリアは顔を真っ赤にして動揺した様子を見せたけれど、発言内容から兄を信じていることがうかがえた。

確かにラカーシュは紳士だから、くすぐったり、髪を引っ張ったりはしないでしょうね。

私はセリアの手をぎゅっと握ると、お礼を言った。

「セリア様、ありがとうございました！　とても参考になりましたわ。ですが、ただラカーシュ様の膝の上に座っているだけでは、あまりに私が楽をし過ぎですよね。ですから、他に何も浮かばなかった場合に採用させていただきますね」

「えっ、楽をし過ぎとかではなく、お兄様は何よりも喜ぶと思いますわ」

優しいセリアはそう言ってくれたけれど、ただ座っているだけではラカーシュがしてくれた親切に見合わないだろう。

私は笑顔で彼女と別れると、生徒会室に向かったのだった。


生徒会室の前の廊下に立ち、窓から中を覗いてみると、運よくエルネスト王太子1人きりだった。

私はノックして扉を開けると、王太子に声を掛ける。

「王太子殿下、お忙しいところすみません。突然の質問で恐縮ですが、ラカーシュ様がほしい物をご存じですか？」

王太子は突然の私の登場に驚いた様子だったけれど、すぐに訝《いぶか》し気な表情を浮かべた。

「なぜそんなことを聞く。ラカーシュに贈り物でもするのか？」

そうだった。そこから説明しない限り、ラカーシュの個人情報を教えてもらえるはずがないわよね。

「ええ、ラカーシュ様には散々お世話になっているので、そのお返しをしようと思っています。参考にしたいので、ラカーシュ様の好きな物を教えてもらえませんか？　好きな色や食べ物でもいいです」

「好きなものは……紫の撫子だろう」

「はい、何ですって？」

王太子は何事かを答えてくれたけれど、珍しくボリューム調整を間違ったようで声が聞こえなかった。

そのため、聞き返したところ、王太子は面白くもなさそうに口を尖らせる。

「好きな色は、紫色か琥珀色だろう」

さすがラカーシュの親友だ。彼の嗜好情報が簡単に出てくる。

「まあ、偶然ですけど、紫色と琥珀色は私の髪の色と瞳の色と同じですわ！」

「本当だな！　すごい偶然だ!!」

王太子の口調が馬鹿にしたようなものだったため、忙しい王太子の時間をもらっておきながら馬鹿げた発言をしたことで、不興を買ってしまったようだと反省する。

「王太子殿下、馬鹿げた発言をしてしまい大変失礼しました！　そして、分かりました。ラカーシュ様の好きな色は紫色と琥珀色ですね！　参考にします。ありがとうございました」

私はこれ以上迷惑を掛けてはいけないと、即座に話を切り上げると生徒会室を後にした。

あと1人くらいは聞き取りをしたいわねと思っていると、廊下で生徒会役員のカレルに出くわした。

まあ、何ていいタイミングなのかしら、と小走りで近寄っていく。

「カレル様、お尋ねしたいことがあります！　ラカーシュ様の好きな物を知っていますか？」

ストレートに尋ねると、カレルは眉根を寄せた。

「唐突ですね。ラカーシュ副会長の好きな物ですか？　うーん、副会長は完璧主義者ですから、規則性があって正しい物が好きなんじゃないですかね」

さすが生徒会の役員だ。

私の質問に対して、最短の時間ですらすらと答えてくれる。

……答えの内容は抽象的過ぎて、具体的に何を指しているのかは分からなかったけれど。

もちろん、せっかく答えてくれたカレルにそのようなことを言えるはずもなく、私は理解した振りをして大きく頷いた。

「規則性があって正しい物ですか。まあ、私にはない発想ですね！　ありがとうございました」

◇　◇　◇

3人から回答を得た私は、庭園を歩きながらラカーシュへの贈り物について考えを巡らせていた。

……難しいわね。

『ぬいぐるみ代わり』か、『紫色か琥珀色の物』か、『規則性があって正しい物』だなんて、バラバラ過ぎて何を贈っていいのかますます分からなくなってきたわよ。

ううーんと悩んでいると、同じように考え込んでいるラカーシュを見つけた。

彼は噴水の縁に座り、きらきらと輝く水を眺めながら難しい顔をしている。

邪魔になるようならばすぐに退散しようと考えながら、私は恐る恐る声を掛けた。

「ラカーシュ様、お邪魔でなければちょっとだけご一緒してもいいですか？」

ラカーシュは顔を上げて私に気付くと、驚いた様子で立ち上がる。

「ルチアーナ嬢！」

それから、嬉しそうにふわりと微笑んだ。

「君の方から声を掛けてくれるとは、嬉しいこともあるものだな。もちろん邪魔ではないし、声を掛けてもらえて光栄だ。私にできることであれば、何だって手助けしよう」

どうやらラカーシュは私が何かに困っていて、助けを求めるために声を掛けたと思っているらしい。

その発想がラカーシュの優しさを証明しているように思われたため、私はふっと微笑んだ。

「いいえ、私は何も困っていませんわ。というよりも、ラカーシュ様の方こそ悩んでいる様子だったので、もしも何か私にできることがあればと思って声を掛けたんです」

「君が私を心配してくれたのか？」

心底驚いた様子のラカーシュを見て、これまでの彼に対する私の態度の酷さが分かるわね、と自分自身にげんなりする。

そんな私に向かって、ラカーシュは考えるかのように目を細めた。

「私の悩みを君に相談することが、適切かどうかは不明だな。考える時間を少しもらえないか。その間に、何か話でもあればうかがおう」

私が否定したにもかかわらず、どうやらラカーシュは私が何かに困っていると考えているらしい。

これまでの私は、何かに困った時にしかラカーシュに話しかけていなかったのかしら、と反省しながらも、いい機会だからと質問する。

「ええと、でしたら、ラカーシュ様のほしい物は何ですか？」

「私のほしい物？」

ラカーシュは質問の意味が分からないとばかりに聞き返してきた。

「ええ、その……」

さすがに本人に向かって、「ラカーシュ様がほしい物をプレゼントしたいんです」と言ったならば、遠慮して本当にほしい物を口にできないはずだと思い、誤魔化すことにする。

「一般的な話として、男子学生はどのような物をほしがるのかなと興味が湧いてですね」

にこりと笑みを浮かべてラカーシュを見つめると、彼はきゅっと唇を引き結んだ。

「なるほど……同じような質問を、エルネストやカレルにもしたのか？」

「えっ、どうして知っているんですか!?」

まさかラカーシュのほしい物について事前調査しているところを、ラカーシュ本人に見られたのだろうか。

うわー、それはこっそりとやることだから、本人に目撃されたのだとしたら恥ずかしいわね。

私は両手で頬を押さえると、何とも言えない気持ちでちらりとラカーシュを見上げる。

すると、なぜだか苦悩した様子のラカーシュが目に入った。

「え？」

どうしてそんな表情をするのかしら、と不思議に思っていると、ラカーシュは苦し気な表情で私を詰ってきた。

「ルチアーナ嬢、君は悪女だね」

「あ、悪女？」

私は悪役令嬢ではあるけれど、悪女でもあるのかしら。

「ああ、それも軽薄な悪女だ」

「けいはくなあくじょ」

それはとっても悪そうだ。

「私だけを誑《たぶら》かしてくれればいいのに、他の多くの男性も同時に手玉に取るのだから」

「はい？」

一体ラカーシュはどうしてしまったのかしら。

彼の発言を聞いていると、ラカーシュを誑かすことを歓迎しているように思えるわ、とその発言内容を不思議に思う。

「ええと、私は誰一人手玉に取ったりしていませんよ。というか、私ごときにそのようなことは不可能です」

「そうだろうか。では試してみるか？　私がどれほど君の言いなりになるかを」

まあ、これは素直に私の質問に答えてくれるということだろうか。

「では、ラカーシュ様のほしい物は何ですか？」

「それを口にしたら、君は私のほしい物を都合してくれるのか？」

「えっ？　ええと、そうですね、私に可能な物でしたら」

ラカーシュにしてもらったことを考えたら、私は全力で頑張らないといけないわよね。

そう考えて、真剣な表情で頷くと、ラカーシュは緊張した様子で口を開いた。

「私のほしいものは……君と過ごす時間だ」

「えっ、そんなのでいいんですか？　分かりました！　でしたら、今度、ラカーシュ様の『一日侍女』になりますね」

せめて丸一日は付きっきりで面倒を見なければ、これまでに受けた親切と釣り合わないわ、と思いながら提案すると、ラカーシュは動揺した様子を見せた。

「なっ！　そんなつもりで言ったわけではない」

「あっ、そうなんですね」

それもそうよね。ラカーシュの家には有能な侍女がたくさんいるはずだから、私ごときに侍女になってもらう必要はないわよね。

「つもりはないが、君さえよければ、我が公爵邸に来てもらえるのは嬉しい話だ」

恐る恐ると言った様子で望みを口にするラカーシュは、お客様として私を招待するつもりのようだ。

それではお返しにならないわよね、と考えを巡らせていると、ラカーシュはふっと小さく微笑んだ。

「ルチアーナ嬢、君がそこにいてくれるだけで私は楽しい気持ちになるのだから、学友としてでも、妹の友人としてでも、どんな立場だとしても我が公爵邸に来てほしい」

ラカーシュの望みを聞き出すことに成功し、しかも私と一緒にいることを望んでくれたため、私はとっても嬉しくなる。

「ありがとうございます。ラカーシュ様から私に対する要望を直接教えてもらえてよかったです。ここ最近、ラカーシュ様にはお世話になりっぱなしだったので、何かお返しをしたかったんです。

けれど、ラカーシュ様の好みから外れたことをしても仕方がないので、ラカーシュ様の親しい方たちにこっそりと聞いて回っていました」

「……もしかして私がほしいものを聞くために、エルネストやカレルと話をしたのか？」

何かに思い至った様子で尋ねてくるラカーシュを前に、私は顔をしかめる。

「ああー、やっぱり見られていたんですね。舞台裏を見られるなんて大失敗です。しかも、そのお二人の回答は、『紫色か琥珀色の物』『規則性があって正しい物』ということだったので、具体的に何を指しているのかがちっとも分からなかったんです」

「前者は非常に分かりやすいから、何を示しているのか一目瞭然だと思うが。そうか、ルチアーナ嬢はここまで言われても分からないのだな」

何だかすごく馬鹿にされているように感じるのは、私の気のせいだろうか。

じろりとラカーシュを睨みつけると、彼は後悔した表情を浮かべ、がばりと頭を下げてきた。

「ルチアーナ嬢、すまなかった！　先ほど、私は誤解に基づいて君に失礼なことを言ってしまった」

「失礼なこと？」

何か言われたかしらと聞き返すと、ラカーシュは言いにくそうに言葉を続ける。

「……悪女と言ったことだ。本当に申し訳なかった」

いや、わざわざ謝るようなことではないわよね。

品行方正なラカーシュからしたら、私は間違いなく悪女だろうから。

「気にしていないので大丈夫です」

そう返したものの、ラカーシュはまだ暗い表情をしていたので、話題を変えようと明るい声を出す。

「実は、セリア様にも同じ質問をしたんです。セリア様の答えは具体的で分かりやすかったので、他にいい案がなければ採用するつもりでした。けれど、今回はラカーシュ様本人から要望を聞くことができたので、ラカーシュ様の要望に沿う形でお返ししますね」

私の作戦は功を奏したようで、ラカーシュは暗かった表情を一転させると、興味を引かれた様子で尋ねてきた。

「セリアにも尋ねるとは、ルチアーナ嬢は行動力があるのだな。後学のために、妹が何と答えたか尋ねてもいいだろうか？」

「はい、『ぬいぐるみの代わりを務めてほしい』と言われました。ラカーシュ様が紅茶を飲んでいる間、あなたの膝に座っているだけの簡単なお仕事ですね」

私の言葉を聞いた途端、ラカーシュは誰かに押されでもしたかのようによろよろと数歩後ろに下がると、片手を噴水の中に突っ込んだ。

「ラカーシュ様!?」

驚いて名前を呼んだけれど、彼は自分の片手が噴水の中に浸《っ》かっていることすら気付いていない様子だ。

「……………そんな希望が許されたのか？」

ラカーシュは濡れた手を気にすることなく片手で口元を押さえると、苦悩している様子を見せた。

その態度を不思議に思いながらも、私は茶目っ気を覗かせて、セリアとの会話の続きを披露する。

「ぬいぐるみとしての心構えを知りたくて、セリア様に『膝の上に乗った私がラカーシュ様に悪戯をされたとしても、動いてもしゃべってもいけないいんですね』と尋ねたところ、『お兄様は紳士なので、何もしないとは思います』と太鼓判を押されたんですよ。ふふふ、信用されているんですね」

ラカーシュは複雑そうな表情を浮かべた。

「いや、そこはあまり信用されても困るのだが」

「えっ、やっぱりくすぐろうと思っていたんですか？」

「ああ、そういう解釈か。いや、君をくすぐることはない」

「ふふ、そうなんですね」

やっぱり紳士なのねと思っていると、ラカーシュは切なそうに目を細めた。

「……ルチアーナ嬢、ただの会話だというのにこれほど動揺させられるとは、君は私を翻弄するのが上手だね。これは悪い意味では決してないのだが、やはり君は悪女だと思うよ」

「『軽薄な悪女』ですか？　でしたら、ラカーシュ様を誑かせるようせいぜい頑張りますね」

冗談のつもりでそう口にすると、ラカーシュは真剣な表情で頷いた。

「ああ、よろしく頼む。ぜひ誑かしてくれ」

まあ、真正面から『誑かしてくれ』と言うなんて、ラカーシュはちょっとおかしな情緒になっているんじゃないかしら。

そう思ったところで、先ほどラカーシュが何事かを悩んでいたことを思い出す。

「そう言えば、ラカーシュ様が私に悩み事を相談する話はどうなりました？」

「ああ、それは……解決した。というよりも、実は先ほど、君に対して私の悩みを口にしてしまったのだ。そして、君があっさりと解決してくれた」

「えっ？」

いつの間に私はラカーシュからお悩み相談なんてされたのかしら、と首を傾げていると、彼は気まずそうに説明を加えてきた。

「私の『軽薄な悪女』がエルネストやカレルに自ら近付いていき、仲がよさそうに話をしていたから、私は苦しさを覚えたのだ」

「まあ」

この場合の『軽薄な悪女』は私のことよね。

私がエルネスト王太子やカレルと話をしていたからラカーシュは苦しかったし、それは既に解決したということ？

「君に話を聞いたら、君は私のために彼らに近付いたのだという。その言葉で私の苦悩は取り除かれた……が、希望を言わせてもらうならば、今後は、私のことは私に聞いてほしい」

それはその通りだったので、大きく頷く。

「分かりました！　次からは、ラカーシュ様のほしいものは、ラカーシュ様に直接聞くことにします」

笑顔でそう言うと、ラカーシュは数秒ほど私の顔を見つめた後、ぼそりとつぶやいた。

「私は……紅茶を飲む間、抱いていることができるぬいぐるみがほしい」

「ふふっ、ありがとうございます！　気を遣ってくれたんですね」

よく考えたら、成人した立派な男性であるラカーシュがぬいぐるみを望むなんてありえないことだ。

それなのに、ラカーシュはウィット心とセリアへの思いやりで、優しい答えを返してくれたのだ。

やっぱり彼はいい人ねと思っていると、なぜだかラカーシュががっくりと項垂れた。

「やはり無理だったか。……勇気を出したのだが」

地面に膝をつき項垂れるラカーシュは可愛らしく、その背中には哀愁が漂っていた。

そのため、私は無性に彼の望みを叶えてあげたい気持ちになる。

「フリティラリア公爵邸にお邪魔する日が決まったら教えてくださいね。その時の状況次第では、ちょっとだけラカーシュ様のぬいぐるみになってあげますから」

「えっ」

驚愕した様子で目を見開くラカーシュの頬が、一瞬で赤くなる。

「それは……全力で頑張って、君がその気になるような状況を作らなければならないな」

口元に手を当てながらぼそりとつぶやくラカーシュは、やっぱりとても可愛らしかった。

そして、いかにも嬉しそうな彼の表情を見たことで、ラカーシュが私のお返しを喜んでいるように思われて嬉しくなる。

そのため、私は彼に向かってにっこりと微笑んだ。

「ラカーシュ様の望みに叶ったお返しができそうでよかったです！」

「君がしてくれることならば、私は何だって嬉しいよ」

まあ、筆頭公爵家の嫡子は喜びの沸点がとても低いようね。

この様子ならば、私が何をしても本当に喜んでくれそうだわ。

そう考えた私は、公爵邸を訪れてラカーシュにお返しできる日のことが、とても楽しみになったのだった。

キャラクター人気投票
3位

ルチアーナ・ダイアンサス
サフィア、ルチアーナの専属執事になる

「ルチアーナ、私から目を逸らさないでくれ」

青紫の髪に白銀の瞳を持つ麗しい男性が、片手を伸ばしてきて私の頬に優しく触れた。

その滅多にないほどの美青年は目を細めると、私の顔を覗き込んできて、ぞくりとするような艶のある声を出す。

「いいか、今後は私以外の者に用事を言いつけるものではないよ？　お前のためなら何だって、私がしてあげるから」

「…………！」

あまりの麗しさにあてられた私は声を出せるはずもなく、ただぱくぱくと口を動かした。

代わりに頭の中で同じ言葉を繰り返す。

『これは間違いなく一択問題だわ！』

「いいか」との言葉とともに、イエスかノーかを疑問形で尋ねられたけれど、これほどの麗しい顔と声で迫られたら、実質はイエス一択だってことは私だって理解している。

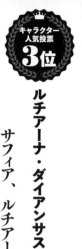

そのため、私は無言のままこくこくと何度も頷いたのだった。

◇　◇　◇

事の起こりは、学園を休んでダイアンサス侯爵邸に籠もっていたことだ。

短くなった髪を隠すために外を出歩くこともできず、兄とともに侯爵邸に閉じ籠もっていたところ、ある朝突然、兄が執事の格好をして現れたのだ。

その奇天烈《きてれつ》な姿を一目見て、何か良からぬことを企んでいるなとぴんとくる。

「お兄様、朝から何事ですか？」

兄は私の部屋の前で待ち構えていたので、ドアノブに手を掛けたまま、用心深い表情を浮かべて見つめたけれど、兄は楽しそうに目を細めただけだった。

「おはよう、ルチアーナ。早い目覚めだな」

「…………」

交わした会話に既視感があり、どういうことかしらと記憶を辿ったところで、いつぞや似たような会話を交わしたことを思い出した。

といってもその時は、お兄様と私の立場が逆転していたけれど。

なるほど、兄は立場を変えて、あの時の場面を再現しようとしているのねと考えながら口を開く。

「以前、私がお兄様の専属侍女になったことがありましたよね。あの時に、私は今と同じような会話をお兄様と交わした記憶があります」

「さすがはルチアーナ、素晴らしい記憶力だ！　あの日は可愛らしい侍女が一日中側にいてくれたおかげで、私は楽しく過ごすことができたのだ。思えば、あの時のお返しをしていなかったなと、遅ればせながら気が付いたため、今日は私がお前の専属執事になることにした」

「…………」

いつもながらよく分からない発想だ。

あの時は兄の侍女を務められる上級侍女が出払っていたため、代わりにと私が侍女になったのだ。けれど、本日、私の侍女は欠けていないし、そもそも執事は家全体を取り仕切る存在で、個人の専属になることなどあり得ないだろう。

「お兄様、執事が個人の専属になるなんて、聞いたこともありませんわ。そもそも私は執事に頼むような重要な用事を持ち合わせていませんし」

きっぱりと言い切ると、兄は身を屈めてきて私の顔を覗き込んだ。

「そうつれないことを言わないでくれ。私はお前の世話を焼きたいのだ」

「ぎっ！」

奇声が出そうになるのを、奥歯を噛み締めることで何とか防ぐ。

代わりに、私は目の前の端整な顔をぎろりと睨みつけた。

このイケメンは何を言っているのだ！

他に類がないような整った顔を近付けてくることだけでもアウトなのに、さらには宝石のような目を細め、いい匂いをさせながら麗しい声で「お前の世話を焼きたい」と言ってくるなんて、完全に誘惑罪だ。

たとえ兄妹だとしても、ここまで酷ければ適用されるに違いない。

ううう、いくら私が元喪女で、男性の誘惑に対して鉄壁を誇っているとしても、これを防ぐのは難しいのじゃないかしら。

そんなギブアップ寸前の私の気持ちが分かっているのか、兄は切なそうな表情を浮かべると、止めとばかりに私の頬を撫でた。

「ルチアーナ、私にお前の世話をさせてくれ」

ひー、まいりました！！！

弱ったイケメンとか、取り扱いが分からないわよ。

「わか、わか、わか、分かりました！　おおおお兄様にはひちじになってもらいます」

「それは時間だ。正確に言うと『しちじ』と発音すべきだ」

「ひ、ひ、ひつじになってもらいます！」

「それがお前の好みか。分かった」

兄はにこりと微笑むと、くるりと踵を返して去っていった。

そのため、よかった、兄の気まぐれタイムが終わったようだわ、と私は胸を撫でおろしたのだった。

◇　◇　◇

けれど、残念なことに、助かったと思ったのは私の勘違いだった。

先ほどの兄は何だったのかしら、と首を傾げながら朝食を取っていた私の前に、再び兄が現れたのだから――――さらなるコスチュームを追加して。

兄は執事の格好そのままに、頭にくるりとカーブした角を、首元に首輪のような装飾品をはめてきた。

「ぶふっ！」

その姿があまりに衝撃的だったため、兄を一目見た途端、深層のご令嬢であるところの私が、飲んでいたミルクを豪快に噴き出してしまう。

テーブルの上に飛び散ったミルクが気になったものの、目の前に立つ兄から視線を逸らすことができず、私は呆然と目を見開いた。

確かに先ほど私は、「執事」と言うべき場面で「羊」と言い間違えた。

だから、兄は私の要望に従って、羊に扮してきたのかもしれないけれど、角が黒いのは……。

「ま、魔王様!?」

兄のフォーマルな格好も相まって、黒い角を生やした魔王にしか見えない。

多分、兄は羊になり切るには、致命的に色気と麗しさが多過ぎるのだ。

「やあ、ルチアーナお嬢様は酷いな。必死になって要望に応えようとしている私が、羊を模していることは分かっているだろうに、『魔王』と表現するなんて。それとも、『魔王のように振る舞え』との新たなオーダーなのか？」

兄はそう言いながら胸元から洒落たハンカチーフを取り出すと、私の顔に飛び散ったミルクを拭いてくれた。

同時に侍女も駆け寄ってきて、テーブルの上のミルクを拭いてくれる。

「さあ、これで元の可愛らしいお嬢様に戻ったぞ。あらゆる貴族家の子息をたぶらかす、高嶺《たかね》の撫子の出来上がりだ」

先ほどから兄が私を『お嬢様』と呼んでいることに気付いていたけれど、指摘すると面倒なことになりそうなので黙って受け入れる。

これはきっとあれだ。

聖山で炎に包まれた私を見た兄の後遺症のようなものなのだ。

恐怖や驚愕といった強い感情を一度に感じたあまり、情緒がおかしくなって奇行に走っているに違いない。

そうであれば、原因は私なのだから、甘んじて受け入れるしかないだろう。

そう考え、兄の好きなようにやらせていた私だったけれど、喪女には耐えられない拷問のようなものだと気付くのに時間はかからなかった。

この執事は過保護なうえにサービス過多なのだ。

歩く時には転ばないように手を取るし、ソファに座っているとふわふわのクッションを持ってくるし、外を見つめていると視線の先にある花を摘んでくる。

その際、必ず私の顔を覗き込んできては、甘やかすように微笑むのだ。

「お嬢様が少しでも快適になって、その顔に笑みが浮かびますように」

もちろん、私の顔に笑みが浮かぶはずがない。

「ぐぐぅ」

「はぁ」

「ひぃ」

毎回毎回、心臓がどきんとして、奇声を発することになってしまう。

サフィアお兄様は顔が良過ぎるので、近寄られて慣れることはないし、毎回その端整な顔に衝撃を受けるのだ。

というか、実際のところ、私の顔を覗き込むのは執事の仕事ではないだろう。

兄は何だって知っているし、その中には当然執事の業務も含まれているはずだから、これはわざとだ。

執事の業務を逸脱していることを分かっていながら、わざとやっているのだ。

「お、お兄様、執事様、魔王様！　もう十分もてなしてもらったので、私を解放してもらえないでしょうか!!」

兄の好きなようにさせるとの決意も空しく、わずかな時間でギブアップした私を見て、兄はおかしそうに微笑んだ。

「ははは、面白い冗談だな。まだお前の専属執事になってから半日も経っていないぞ」

私にとっては永遠にも思える時間が過ぎているから、体感時間で計る方式にしてもらえないだろうか。

悔しく思いながら睨みつける私を何と思ったのか、兄は悪戯っぽい表情で尋ねてきた。

「どうした？　これまでの私に不手際があったのなら言ってくれ」

もちろん兄に不手際があるはずもない。

兄がイケメン過ぎるため近付かれると呼吸が止まる、という弊害以外は何もなかった。

それにしても、初めてこなす執事業務さえ完璧にこなすなんて、兄の能力の高さはどうなっているのだろうか、と心底不思議に思う。

器用な人は何をやらせても器用なのだろうか。

「お兄様は何だってできるのでしょうけど、それでも執事は天職のように思われますわ。これほど色々と先を読んで、気持ちも読んで、本人の希望以上に望みを叶えてくれるのですから、スーパー執事です」

純粋に称賛する気持ちで褒めたというのに、兄は否定するように首を横に振った。

「それはどうかな。相手がお前でなければ、私の執事としての能力が発揮されることはないだろう」

「そうなんですか？」

思ってもみないことを言われたため、びっくりして目を丸くする。

そんな私に向かって、兄は当然だとばかりに頷いた。

「相手がお前だからこそ、私はいつだって見ているし、変化に気付くし、その気持ちを読み取ろうとするのだ。お前以外の者であれば……興味が続かない」

仕方がないとばかりに肩を竦める兄を前に、私は頬が赤くなるのを抑えられなかった。

兄は家族思いのため、純粋に兄妹愛の一環で発言していることは分かっていたけれど、なぜだか特別なことを言われたような気持ちになったのだ。

赤らんだ顔を誤魔化そうと、私はわざと呆れた表情を作る。

「あらまあ、サフィアお兄様の軽薄発言が出ましたね」

「私が軽薄だと？　これほどお前ばかりを見つめているのに、まだ不足なのか」

いや、そうではなく。

兄から特別な存在のように言われることに耐えられなくなったため、話題をズラそうとしただけなのに、全然ズラしてもらえなかったため焦りを覚える。

『妹以外の女性に興味が続かない』というのは、あっちの女性もこっちの女性も気になって、1人に絞り切れないということかしら、と話を持っていこうとしたのに、私の話に戻されてしまったのだから。

「違いますわ、お兄様。私に対して軽薄な態度を取らないでほしいということではなく……」

「そうだろうとも。これ以上を求めるのならば、控えめに表現してもお前は私に束縛されるだろうな」

「ぎゃふん！」

ダメだわ。専属執事というのは、こんなにも主人のことばかり考えているものかしら。

今日のお兄様は何を言っても、私から思考が離れないようだ。

何だかまずい流れになってきたと本能的に察した私は、こうなったら無理やり話題を変えるしかないと両手をお腹に当てる。

「あぁー、お腹が空いてきたわ！　おやつを食べたいわー!!」

妙齢の女性がこんなにはっきりと食べ物を要求するのはいかがなものかと思ったけれど、この甘々な雰囲気から抜け出せるのならば何でもいい、と大きな声で要求する。

兄はきょとんとした表情で私を見つめたけれど、すぐにテーブルの上に置いてあったベルを手に取ると侍女を呼んだ。

「お嬢様のおやつの時間だ。紅茶とスイーツを持ってきてくれ」

簡潔な指示を受けた侍女は、すぐにケーキトレイと紅茶セットを持ってきてくれる。

兄は自ら紅茶を淹れてくれると、私の前に差し出した。

同時に、ケーキトレイの上にあったたくさんのケーキの中から、二つを選んでお皿に載せてくれる。

「えっ？」

兄が選んだのは、私がどちらを食べようかと最後まで迷っていた2個だったので、どうして分かったのかしらと目を丸くする。

「私はお嬢様の好みに詳しいのだ」

兄はさらりとそう言ったけれど、そうではないだろう。

自分では意識していなかったけれど、きっと私はその二つのケーキを長い時間眺めていたはずだ。そして、兄は先ほど言ったように私のことをずっと見ていて、私が食べたかったケーキをセレクトしてくれたのだ。

まずいわ、私はどうしてもこの執事に勝てないんじゃないかしら。

ぐぬぬと悔しく思っていると、兄はにこやかに口を開く。

「『銀のクリームと白のチョコ』の店から、今朝購入してきたものだ」

私は目の前のお皿に載せられたケーキのうちの一つがフルーツタルトであることを確認すると、

目を見張る。

「えっ、あのお店のフルーツタルトは、開店前から並ばないと手に入らない人気商品ですよ！」

というか、私が前々から1度食べてみたいと思っていたケーキ店じゃないの。

いつの間に兄は、口に出したこともない私の望みに気付いたのかしら。

驚いて兄を見つめると、悪魔の執事はしれっと衝撃の告白をしてきた。

「ポラリスが開店前から並んで買ってきたのだ」

「えっ、有能な庭師見習いに何てことをさせるんですか！」

我が侯爵邸の有能な庭師見習いは、ケーキ店に並ぶ買い物要員じゃないわよ。

そう考えて目をむいていると、兄がさらなる爆弾を落とす。

「ケーキトレイに載っているフルーツも食べてみるか？　そちらはダリルが人気の青果店で並んで手に入れてきたものだ」

「ああ、公爵家のご令息に何てことをさせるんですか!!」

頭を抱える私の頭を、兄がよしよしと撫でる。

「うむ、公爵家令息を自由に動かせる執事は、私くらいのものかもしれないな」

ダリルの場合は文字通り、おつかいの際の使い走りにさせられたようだけれど、お兄様は彼だけでなく、公爵家令息であるジョシュア師団長のコネと能力をいつだって自由に利用している。

王国広しと言えども、そんな者はサフィアお兄様くらいではないだろうか。

そう考えて呆れていると、兄は「だから」と言葉を続けた。

「私に頼めば何なりと、お嬢様のために叶えて差し上げることができるというわけだ」

両手で頭を抱えて俯いていたため、兄の姿は見えなかったけれど、麗しい声だけが聞こえる状況というのは、元喪女にとって過酷だった。

耳がぞくぞくしてきたので、そろりと顔を上げると、至近距離に端整な顔立ちが迫っていることに気付く。

「はうっ」

「お嬢様？」

私はもう十分、兄のお嬢様呼びを我慢したはずだ。

兄から「お嬢様」と呼ばれるたびに、実際に侯爵家のお嬢様と執事の関係だったかしらと勘違いしそうになるため、これ以上は勘弁してほしいと兄に頼み込む。

「お兄様、ギブアップです。どうかルチアーナと呼んでください」

頬が赤くなっていることを自覚したため、目を逸らしながら頼み込むと、兄はぞくぞくするほどいい声で懇願してきた。

「ルチアーナ、私から目を逸らさないでくれ」

そ、そんなことを言うのならば、その前にお兄様はその麗しい顔を何とかしてください。

そう心の中で必死に訴えたけれど、当然兄に聞こえるはずもなく、兄は片手を伸ばしてくると私の頬に優しく触れた。

それから、兄は目を細めると、私の顔を覗き込んできて、ぞくりとするような艶のある声を出す。

「いいか、今後は私以外の者に用事を言いつけるものではないよ？　お前のためなら何だって、私がしてあげるから」

「…………！」

その時、私は理解した。

なぜ兄が突然、執事の真似事を始めたのかを。

最近の私は学業の遅れを取り戻すべく、侯爵家の図書室にある本を使って学習しているのだけど、その際はいつも兄に本を選んでもらっていた。

けれど、その頻度が日に数度になったため、さすがに兄に迷惑を掛けていると、昨日は執事に参考書を選んでもらったのだ。

多分、兄はどこからかそのことを聞きつけて、不満に思ったのだろう。

兄は色々と忙しいはずなのに、私の面倒を全て一人で見てくれ、他人にその役割を譲る気はないのだ。

「お兄様……」

他の人にお願いできることはお願いして、兄の負担を減らすべきだと言おうとしたけれど、兄は目を細めると同じ言葉を繰り返した。

「ルチアーナ、お前のためなら何だって私がしてあげるから」

珍しく兄がふざけている様子を見せなかったので、本気で言葉通りのことを望んでいるように思われ、そんな兄が望むことに反対するものではないという気持ちになる。

そのため、私は無言のまま何度もこくこくと頷いたのだった。

◇　◇　◇

これでお兄様も満足して、魔王の執事でいることを止めてくれるかしら。

そう希望的観測を抱きながら見上げると、人外のものに扮したことで、より色気が増した兄の姿が目に入った。

よく考えたら、お兄様のこの格好は垂涎ものよね。

今度、学園で何かの仮装が必要な時にやってもらおうかしら、と考えながらまじまじと兄の姿を眺めていると、首元の装飾に時計が付いていることに気が付いた。

ははあ、なるほど。先ほど、私が「羊」と言う前に「七時」と言ったので、時計を着けているのかしら。

私が言い間違ったことは分かっているだろうに、なかなかに芸が細かい兄だ。

そう思いながら時計を見つめていると、視線に気付いた兄が分かり切っていることを口にする。

「これはお前の指示で付けたものだ」

「はあ、そうですね」

私がしたのはただの言い間違いだけれど、兄がそう言うのならば従っておこうと、気のない返事をする。

すると、兄はにこりと綺麗な笑みを浮かべた。

「首元は命を維持するために必要な大事な部分だ。その部分をお前の指示で締めているのだから、お前が私の命を押さえているという記号論的な表現だな」

「はい？」

兄が理解できない理屈を述べ始めたため、眉を寄せて聞き返す。

「さらに首元に時計をはめているのだから、私の時間は全てお前に握られているという、二重の束縛を意味している」

「ええっと、お、お兄様？」

やばい、兄はその気になればどこまでも難しい理屈を言えるため、早めに止めなければ私の頭痛が増すだけだ。

よく理解できないけれど、兄はそれらしい理屈を付けて、大仰な話にしようとしているようだ。

そのことに気付いたため、慌てて兄を止めようとしたけれど、それより早く兄が満足気に微笑んだ。

「ははは、私はお前に命も時間もがんじがらめにされているというわけか！」

どうやら兄なりの結論を出したようだけれど、それは私にとってちっとも好ましいものではなかったため、大きな声で苦情を言う。

「お、お兄様！　その結論はいかがなものかと思います！　というか、さっさと『悪魔な執事』の格好はお止めくださいい！　その格好さえ止めれば、お兄様が言うところの『二重の束縛』状態も解除されますから」

「……もうしばらくした後でな」

兄は隣に座ってくると、私をぎゅううっと抱きしめた。

「おに、おに、おに、ななな何を……」

「間もなく解除されるのであれば、その前に束縛状態がどのようなものかをお前に知らしめておこうと思ったのだ」

その普段にない行為を受け、あああ、聖山で火だるまの私を見た後遺症は、絶賛継続中なのだわと絶望的な気持ちになる。

そうであれば、兄の好きなようにさせておくべきね……とは思ったものの、これが特別なことだということだけは念を押しておかないといけない。

「お兄様、これは執事の行為を逸脱していますからね。もしも我が家の執事がこのようなことをしてきたら、私はグーパンチをお見舞いします」

「お前にそんなチャンスはない。その前に私がその不埒な執事を放逐するからな」

あら、やっぱりお兄様は執事の業務範囲を理解しているようね。

そう安心すると、私は至近距離からじっと兄を見つめた。

「ですから、私が抱きしめられているのは、相手が執事ではなくお兄様だからです。……どうですか、執事を止めて私のお兄様に戻りませんか？」

兄はまじまじと私を見つめた後、真顔のまま小さく首を横に振る。

「お前は一体どこで、そんなセリフを覚えてくるのだ」

「どこでもありませんよ。お兄様の前で初めて口にしましたから、お兄様を見て思ったことを口にしたまでです」

正直な思いを口にすると、兄は唖然とした様子で目を見開いた。

「私の妹が魔性の女性に育ちつつある」

「魔性の女性？　お兄様を『魔王』と称したので、妹である私も魔物になるという意味ですか？」

私は真面目に返したというのに、兄は茶化すように片目を瞑る。

「やあ、安心した。こういうところはいつも通りのルチアーナだ」

それから、兄はおかしそうに微笑んだ。

「……そうだな、私はお前の兄に戻ることにしよう。そうして、好きな時に兄として妹を抱きしめることにしようか」

「えっ」

その発想はいかがなものかと思ったけれど、とりあえず兄に戻ってくれるのならばいいかという気持ちになる。

そのため、私はにこりとして頷いたのだけれど、どういうわけか兄は顔をしかめた。

「やあ、ここで頷くのか。私の妹が丸め込まれやすくて心配だ。やはり私は兄に戻って、一番近くで妹を見守っていなければならないようだな」

その言葉を聞いて、今後も兄が私の側にいてくれるのだわ、と嬉しくなる。

そのため、今度は私から兄にぎゅううっと抱き着いた。

「お兄様、大好きです！」

「……殺し文句だな」

兄は頭痛がするとばかりに頭を押さえたけれど、すぐに角と首元の時計を外して、兄に戻ってくれた。

それから、いつもどおりの表情でにやりと微笑む。

「やあ、ルチアーナ、お前の大好きなお兄様だぞ」

「はい、お兄様、おかえりなさい！」

私は元気よく答えると、兄を抱きしめる腕に力を込めた。

半日ぶりにやっと兄を取り戻したわ、と思いながら。

私の表情には満面の笑みが浮かんでいたけれど、兄がどのような表情を浮かべていたかは、兄を見上げなかった私には分からない。

ただ、続く兄の声はとても優しいものだった。

「ルチアーナ、ただいま」

そのため、兄は私と同じように笑顔でいるはずだわ、と嬉しくなったのだった。

あとがき

本巻をお手に取っていただきありがとうございます！

おかげさまで、本シリーズも7巻目になりました。

今巻はアレクシス編ということで、大人アレクと子どもアレクにルチアーナが挟まれているカバーです。ものすごく素敵ですね！　宵さん、今回も全てが美しいイラストをありがとうございます!!

カバー袖にも書きましたが、何と「このライトノベルがすごい！２０２４」の単行本・ノベルズ部門で、本作が3位にランクインしました！

ひとえに読者の皆様のおかげです。本当にありがとうございます!!

私は別レーベルで『転生した大聖女は、聖女であることをひた隠す』という小説を書いていまして、こちらも同ランキングで2位を獲得しています。ほんっとうにすごいことですね。

お祝いとして、本作&大聖女の帯に互いの書影を掲載してもらいました。

ちょっとご紹介させていただきますと、『転生した大聖女は、聖女であることをひた隠す』は、騎士家の娘として生まれ変わった主人公が、大聖女であった前世の記憶と力を取り戻したものの、全てはおとぎ話と化した「失われた魔法」だったからさあ大変！　という話です。

このラノで2位を取った作品ですので、面白さは折り紙付きです（自分で言ってみた）。

スピンオフ『転生した大聖女は、聖女であることをひた隠すＺＥＲＯ』も刊行されており、本編・スピンオフともにコミカライズされていますので、ぜひ読んでみてください！


それから、前巻で告知したキャラクター人気投票の結果が出ました!!

多くの方にご参加いただき、コメントもいただき、とっても嬉しかったです。ありがとうございます!!　気になる結果は……ぜひ本編内でご確認ください。

さらに、今回もコミックスが同時発売されていますが、何とコミックスの方は特装版も刊行されました！　さくまさんの全力が見られますので、ぜひ手に取っていただければと思います。

さらにさらに、期間限定でオンラインくじが実施されています。

詳細はXで告知しますので、よければご覧ください（ユーザー名：@touya_stars)。


最後になりましたが、ここまで読んでいただきありがとうございます。

製作にご尽力いただいた皆さま、どうもありがとうございます。おかげさまで、多くの方に見ていただきたいと思える素晴らしい1冊になりました。どうか楽しんでいただけますように！

溺愛ルート7
発売おめでとう
ございます!!
・・・・
はあわわ…

コミカライズ担当《たんとう》:さくまれん

母上《ははうえ》
最後《さいご》にもう一度《いちど》
私《わたし》とオーバンを抱《だ》きしめてくれませんか？
まぁ
最後《さいご》だなんて寂《さび》しいことを言《い》わないで
何時《いつ》も何度《なんど》でも抱《だ》きしめますよ
ぎゅ
愛《あい》してるわジョシュア
オーバン

大好《だいす》きよ
母上《ははうえ》 私《わたし》はあなたの嘘偽《うそいつわ》りのない愛《あい》を忘《わす》れません
では カンナ侯爵邸《こうしゃくてい》に招待《しょうたい》されているので失礼《しつれい》します
オーバン
この先《さき》 どんなことがあっても ウィステリア家《け》は 絶対《ぜったい》に大丈夫《だいじょうぶ》だから
?
はい

待望のノベル⑦巻発売おめでとうございます!・6巻から続く心震える物語に加え、シスト様が最高にぎゅん!!!でした…(尊) さみれん

大好きなサフィアお兄様に危機が!?
ウィステリア家の晩餐会で、兄・サフィアが過去に結んだ重要な契約について語られ、ルチアーナとの知られざる繋がりが明かされて、魅了編は急展開！ 兄・サフィアに突然危機が訪れてしまう。さらに、ウィステリア公爵家の「四人目」の兄弟の顛末と、三男・ルイスとの絆の深さが明かされる。感情が揺さぶられる第④巻！
悪役令嬢は溺愛ルートに入りました!? ①〜④
原作●十夜・宵マチ
漫画●さくまれん
マンガUP!にて連載中!!
原作ノベル第⑦巻＆
コミック第④巻発売
特別企画開催♡
◉第④巻に十夜先生の書き下ろしSS収録！ 恋に悶えるラカーシュのSIDEストーリー
◉特大美麗ポスターを全国フェア参加店の一部に掲出中！ ジョシュアの大人の色気に、魅了されること間違いなし
◉初グッズ商品化！ オンラインくじ実施中！ 大好きな推しキャラをいつでもお手元に…
詳細はこちら→https://sqex.to/sqex_kuji

大人のエンタメ、ど真ん中！
SQEXノベル 毎月7日発売
第1回 SQEXノベル大賞
銀賞
悪役にされた冷徹令嬢は王太子を守りたい
～やり直し人生で我慢をやめたら溺愛され始めた様子～
著者：阿井りいあ
イラスト：しんいし智歩
銀賞
鬼騎士団長様がキュートな乙女系カフェに毎朝コーヒーを飲みに来ます。
……平凡な私を溺愛しているからって、本気ですか？
著者：氷雨そら イラスト：しょうじ
銀賞
転生者の私は〝推し活〟するため聖女になりました！
著者：玉響なつめ
イラスト：珠梨やすゆき
金賞
ベル・プペーのスパダリ婚約
～「好みじゃない」と言われた人形姫、我慢をやめたら皇子がデレデレになった。実に愛い！～
著者：朝霧あさき
イラスト：セレン
大賞
滅亡国家のやり直し
今日から始める軍師生活
著者：ひろしたよだか
イラスト：森沢晴行
受賞作品続々刊行中！
各作品の詳細はコチラ ▶▶▶

SQEXノベル
婚活してたら王子様が
釣れちゃった!!
婚約破棄からの
プロポーズ!?
原作ノベル1～4巻
大好評発売中!!
逃がした魚は大きかったが
釣りあげた魚が大きすぎた件
4
ももよ万葉

逃がした魚は大きかったが
釣りあげた魚が大きすぎた件
ももよ万葉
Illustration：三登いつき

SQEXノベル

悪役令嬢は溺愛ルートに入りました!? 7

著者
十夜
イラストレーター
宵マチ

2024年5月7日　初版発行

発行人
松浦克義
発行所
株式会社スクウェア・エニックス
〒160−8430
東京都新宿区新宿6−27−30　新宿イーストサイドスクエア
（お問い合わせ）スクウェア・エニックス　サポートセンター
https://sqex.to/PUB

印刷所
図書印刷株式会社
担当編集
大友摩希子
装幀
小沼早苗（Gibbon）

ISBN978-4-7575-8983-4　C0093

Printed in Japan